LES MENECHMES.

COMEDIE DE ROTROV.

A PARIS,

Chez ANTHOINE DE SOMMAVILLE, au
Palais, dans la petite Salle, à l'Escu de France.

M. DC. XXXVI.
AVEC PRIVILEGE DV ROY.

A MONSIEVR,

MONSIEVR

LE COMTE

DE BELIN,

BARON DE MILLY,

Seigneur du Bourg Dauerton,

De Lorgerie, Dautré, &c.

ONSIEVR,

l'ay beau rechercher les moyens de vous payer
en quelque forte ce que ie vous doy, Ie treuue
apres tout que les obligations que ie vous ay font
des debtes dont il faut que ie demeure infolua-

ā ij

ble; Les courtoisies que ie reçoy chez vous se
donnent trop prodiguement pour me laisser aucune esperance de les meriter, Mais puis qu'il faut
que ie sois vaincu, au moins i'ay la gloire de l'estre
par de belles armes. On se peut laisser vaincre aux
bien-faits, sans ingratitude; Et il y a de la difference, entre ne pas rendre, & estre mécognoissant; Ie
ne faits pas l'vn, & ne suis pas l'autre, Ie recognoy
les bontez que vous auez pour moy, de toutes les
forces de mon ame, & pour les effects ie m'as-
seure que le peu de proportion qu'il y a de ma fortune à la vostre, vous obligera tousiours à m'en
tenir quitte, Comme cette mesme disproportion
m'empeschera tousiours de rougir en la conti-
nuation de vos faueurs; I'entre encor auiourd'huy
chez vous, MONSIEVR, pour vous en demander vne. C'est de souffrir, Que ces deux lu-
meaux que i'ay habillez à la Françoise, seront
monstrez sous vostre protection. Ie les ay flattez de cette esperance, par la cognoissance que
i'ay de l'honneur que vous leur faites de les aymer, & par la qualité que ie porteray toute ma vie,

MONSIEVR, de

Vostre tres-humble, tres-obeïssant,
& tres-obligé seruiteur ROTROV.

PRIVILEGE DV ROY.

LOVIS par la grace de Dieu Roy de France & de Nauarre, A nos amez & feaux Conseillers les Gens tenans nos Cours de Parlement, Maistre des Requestes ordinaires de nostre Hostel, Baillifs, Seneschaux, Preuosts, leurs Lieutenans, & autres nos Iusticiers & Officiers qu'il appartiendra. Salut. Nostre bien ämé ANTHOINE DE SOMMA-VILLE, Marchand Libraire, Nous a fait remonstrer qu'il desiroit faire imprimer vn Liure intitulé, *Les Menechmes, Comedie du Sr de Rotrou*, ce qu'il ne peut faire sans auoir sur ce nos Lettres humblement requerant icelles. A ces causes desirant fauorablemét traitter ledit exposant, Nous luy auons permis & permettons par ces presentes de faire imprimer, vendre & debiter ledit Liure en tous les lieux & terres de nostre obeïssance, par tels Imprimeurs, en telles marges & caracteres, & autant de fois qu'il voudra, durant le temps & espace de sept ans entiers & accomplis, à compter du iour qu'il sera acheué d'imprimer. Faisant deffences à tous Imprimeurs, Libraires & autres de quelques conditions qu'ils soient, tant estrangers, que de nostre Royaume, d'imprimer, vendre ny distribuer en aucun endroit d'iceluy ledit Liure sans le consentement de l'Exposant, où de ceux qui auront droit de luy en vertu des presentes, ny mesme d'en prédre le

á iij

tiltre, ou le côtrefaire en telles sortes & maniere que ce sôit, soubs couleur de fauce marge ou autre defguisement, sur peine aux contreuenans de trois mil liures d'amende, appliquable vn tiers à Nous, vn tiers à l'Hostel-Dieu de Paris, & l'autre tiers à l'Expofant, de confiscation des exemplaires contrefaits, & de tous defpens, dommages & interefts· Mefmes fi aucuns Libraires & Imprimeurs de noftre Royaume, ou Eftrangers trafiquans en iceluy eftoient trouuez faifis des exemplaires contrefaits, Nous voulons qu'ils foient condamnez en pareils amendes que s'il les auoient imprimez, à condition qu'il fera mis deux exemplaires dudit Liure dans noftre Bibliotheque publique, & vn autre en celle de noftre tres-cher & feal le Sieur Segnier Cheualier, Chancelier de France, auant que pouuoir expofer ledit Liure en vente, à peine de nullité des prefentes, Du contenu defquelles Nous voulons, & vous mandons que vous faffiez iouïr & vfer plainement & paifiblement ledit Expofant, où ceux qui auront charge de luy, faifant ceffer tous troubles & empefchemens fi aucuns leur eftoit donné. VOVLONS auffi qu'en mettant au commencement ou à la fin dudit Liure vn extraict des prefentes, elles foient tenuës pour deuëment fignifiees, & que foy y foit adiouftee comme à l'original. MANDONS en outre au premier noftre Huiffier ou Sergent fur ce requis, de faire pour l'execution des prefentes tous exploicts neceffaires, fans demander autre permiffion: CAR tel eft noftre plaifir, Nonobftant Clameur de Haro, Chartre Normande, prife à partie, & lettres à ce contraires. Donné à

Paris le 30. iour d'Auril l'an de grace mil six cens trente-
six, & de noftre regne le vingt-fixiefme.

Par le Roy en fon Confeil,.
CHAPPELLAIN.

'Acheué d'imprimer le 15. May 1636.

Les exemplaires ont efté fournis.

Et ledit SOMMAVILLE a affocié auec luy audit Priuilege
TOVSSAINCT QVINET, auffi Marchand Libraire, fui-
uant l'accord fait entre-eux.

LES ACTEVRS.

ERGASTE,	Parafite.
MENECHME rauy.	
EROTIE,	Vefue, Courtizee de Menech-me rauy.
MENECHME Soficle,	Frere de Menechme rauy.
MESSENIE,	Valet de Menechme Soficle.
CILINDRE,	Valet de Cabaret.
ORAZIE,	Femme de Menechme rauy.
VIEILLARD,	Pere d'Orazie.
LE MEDECIN.	
LES VALETS.	

LES MENECHMES.
COMEDIE.

ACTE I.
SCENE PREMIERE.
ERGASTE.

E plaigne qui voudra, ma pauureté me
plaist,
Je la voy d'vn bon œil toute affreuse qu'el-
le est,
Elle entretient chez moy les plaisirs de la vie
Le soucy des thresors, touche peu mon enuie ;
Auoir des coffres plains, ces biens sont superflus,
Le coffre naturel l'estant, que faut-il plus ?

A

Ie ne voy qu'à dédain ces excremens de terre,
Ie soubmets toute chose à la beauté d'vn verre,
Où Bacchus me paroist sous vn teint plus riant,
Que celuy du Soleil n'est dessus l'Orient.
Les chaisnes tiennent mal vn captif en seruage,
On a peu de raison d'en conseruer l'vsage.
Ce mal-heur qu'on adjouste à ses afflictions,
Eguise son esprit dans ses inuentions.
La rigueur le rend pire, & plus on le tourmente,
Plus le desir qu'il a de s'eschaper augmente.
Il se traisne à la porte, il lime les verroux,
Et cherche le moyen d'en arracher les cloux;
Les gardes le matin ne treuuent que la place:
Ainsi le trop grand soin de l'arrester le chasse.
Il faut d'autres liens pour retenir ses pas,
Et ie n'en sçache point, comme les bons repas,
Il n'imagine point la liberté si chere,
Qu'on ne l'arreste bien auec la bonne chere.
Fust-il cent fois coupable & digne de la mort,
Il ne peut s'eschapper en vn lien si fort.
Les festins ont sur nous vne puissante amorce,
Plus cette chaisne est douce, & plus elle a de force.
Vn seruage pareil est mon vnique bien,
I'ayme d'estre captif en vn si doux lien.
Ie porte ma franchise auec beaucoup de peine,
Et ie meurs si Menechme auiourd'huy ne m'enchaine.

Le Nectar, & les mets les plus delicieux,
Qui puissent contenter nostre goût & nos yeux,
Et chasser des esprits toute melancholie,
Sont les aymables nœuds dont ce geollier me lie.
O combien cette vie est contraire au soucy!
Que nous boirons long-temps si ie le treuue icy!
Mais ie le voy qui sort.

SCENE DEVXIESME.

MENECHME rauy.   ERGASTE.

MENECHME rauy, regardant dans sa porte
demye ouuerte.

Indomptable, insensée,
Ne t'ingere iamais d'expliquer ma pensée,
Si tout ce que ie hais, tu ne le veux haïr,
Si tu ne me veux pas autrement obeïr,
Si tu te plais tousiours d'exciter ma colere,
Ialouse, resous-toy, de viure chez ton pere,
Et brisons nos liens d'vn dessein mutuel,
Le veufuage est plus doux qu'vn hymen si cruel.
Ie ne sors pas si-tost, que tu viens à la porte,
Demander où ie vais, chez qui, ce que ie porte;

A ij

I'épousois mon tuteur, à l'instant mal-heureux,
Que nous fusmes vnis sous ce joug rigoureux ;
Tant ie suis obligé, de te rendre de compte,
Tant ma facilité m'a procuré de honte.
Mais tu fais ton deuoir, tu me dois ce tourment,
Car ie t'entretenois trop delicatement.
Ie t'aymois trop jalouse, vne amitié si forte,
Est ce qui t'auctorise à viure de la sorte.
Mais puisque ma bonté n'a point d'autres effets,
Appren en peu de mots le dessein que ie faits :
C'est trop t'entretenir dans vne humeur si vaine,
Quand ie te fourniray du chanvre, de la laine,
Et des habits decents à ta condition,
Que ce soit vne borne à ton ambition.
Ne porte plus les yeux que dessus ta seruante,
Que desires-tu plus afin d'estre contente ?
Trauaille, vy paisible, & ne t'ingere plus,
D'espier mes desseins par des soins superflus.
En fin elle est r'entrée. O Dieux que cette femme,
Est vn fascheux obstacle à ma nouuelle flame !
Sous quel joug mal-heureux me trouua y-ie arresté?
Pourquoy ne puis-ie plus donner ma liberté ?
Vn obiect si charmant a mon ame blessée,
Que ie n'en sçaurois plus diuertir ma pensée,
Vn de ses entretiens, vn regard seulement,
Forceroit l'inconstance à l'aymer constamment.

Que i'auray de bon-heur, si ce present la touche,
S'il m'obtient seulement vn baiser de sa bouche.
Ma ialouse auiourd'huy serre mal ses ioyaux,
Celuy-cy que i'ay pris est du rang des plus beaux.
Aussi ie le consacre à l'objet le plus rare,
Qui deffende aux Amants la qualité d'auare.

Mon
vn poin

ERGASTE.

Son discours iusqu'icy ne me contente pas,
Toute l'amour qu'il a vaut moins qu'vn bon repas;
Il le faut aborder.   Quoy triste & solitaire?

MENECHME rauy.

Helas! t'estonnes-tu d'vne humeur ordinair e
Puis-je estre plus ioyeux au milieu du tourment?
Et mon teint n'est-il pas la couleur d'vn Amant?

ERGASTE.

Ie suis Amant aussi.

MENECHME rauy.
de qui?
ERGASTE.

des bonnes cheres.

Les plus rares beautez ne me sont pas si cheres,
Et ie viens là dessus chercher vostre secours,
Vous m'auez fait souuent posseder mes amours.

A iij

MENECHME rauy.

Et tu ne me rends point cet agreable office.

ERGASTE.

Il n'est rien que i'espargne, & rien que ie ne fisse.
Si ie pouuois autant sur l'obiet de vos vœux,
Que vous pouuez, Monsieur, sur celuy que ie veux.

MENECHME rauy.

Mais ne voy-tu iamais ce soleil de mon ame?
Ne luy parle-tu point de ma nouuelle flame?
Et n'as-tu point sondé par quelle inuention
Ie puis m'insinuer en son affection?

ERGASTE.

C'est l'esprit le plus froid de toutes vos maistresses,
Ie luy parle de vous, ie vante vos largesses,
Ie reproche à son cœur de s'échauffer si peu,
Ie luy fais de vostre ame vn pourtraict tout de feu,
Ie feints mille tourmens, ie vous peins tout en larmes,
Ie combats sa froideur de mes meilleures armes,
Mais l'ingratte se rit des comptes que ie faits,
Et toute autre rendroit vos desirs satisfaits;
Car ie croy que iamais pour vne iouïssance,
Mercure n'employa de si douce eloquence;

Elle ne respond rien, ou me dit seulement,
Que vostre affection l'oblige infiniment,
Que demeurant tousiours aux termes ou vous estes,
Elle estimera fort l'honneur que vous luy faites,
Mais que d'autres espoirs vous seroient superflus,
Et que vous perdrez tout, si vous demandez plus.
Bien des femmes pourtant s'estant bien deffenduës,
Apres vn long combat, enfin se sont renduës;
Et lon tient que ce sexe en de certains momens,
Ne peut rien refuser aux vœux de ses amans.
Ne luy reprochez point vos fidelles seruices,
Rendez-luy chaque iour de plus humbles offices;
Vous deuez esperer, & souffrir iusqu'au bout,
Puisqu'apres tant de maux vn moment paye tout.

MENECHME.

Le Ciel ne vid iamais vne ardeur de la sorte,
Mes biens sont épuisez des dons que ie luy porte,
Et ie luy vais encor offrir ce diamant,
Que ma femme entre tous prisoit vniquement.

ERGASTE.

C'est bien là pour toucher cette ieune merueille,
C'est vn rare moyen pour gaigner son oreille.
Les presens auiourd'huy sont par tout adorez,
L'amour ne fait plus rien qu'auec des traicts dorez;

Et de quelque beauté que la Vertu se vante,
L'or a bien plus d'effect sur l'esprit d'vne amante.
Tout cede à son pouuoir : Ce metal souuerain
A brisé les verroux de cent portes d'airain.
Et le Soleil iadis pour gaigner ses maistresses,
Leur monstroit seulement l'or de ses blondes tresses.
Les dons feront pour vous bien plus que ie ne fais,
Ils sont plus eloquens que ie ne fus iamais ;
Et sur soy cette veufue a beaucoup de puissance,
Si vous n'en obtenez vne entiere licence.

MENECHME rauy.

I'y disne auecque toy.

ERGASTE.

    C'est le mot que i'attends.

MENECHME rauy.

Ton temps le permet-il ?

ERGASTE.

    Ie n'ay que trop de temps.
Combien faut-il de mets, & combien de bouteilles ?
I'ay pour vous obeyr des ardeurs sans pareilles.

MENECHME rauy.

Ie suis fort redeuable à ton affection,
Car tu forces pour moy ton inclination.

           Attends

Attends, ie voy l'object qui cause mon martyre.

SCENE TROISIESME.

EROTIE. MENECHME. ERGASTE.

MENECHME rauy, continuë.

Vous sortez, iustement au point qu'on vous desire,
Mais auec vne grace, & des attraits si doux;
Que vous me forcerez à m'éloigner de vous.
Si vous ne retenez les regards tout de flame,
Qui m'enchantët les yeux, & qui m'embrasent l'ame;
Ie ne puis conceuoir comment chaque momens
Vous peuuent apporter de nouueaux ornemens.
Iadis vous paroissiez des plus belles du monde,
N'aguieres sans pareille, auiourd'huy sans seconde.
Mais le Ciel voit enfin ses efforts limitez,
Il ne peut qu'adiouster à vos rares beautez;
Et vous auez, Madame, épuisé ses merueilles,
Si l'esprit & le corps ont des douceurs pareilles,
Si ma douleur vous touche, & si vous guerissez
Vn homme seulement entre tant de blessez.

EROTIE.

Si vous ne reseruez vne voix si feconde,
Vous me rendrez, Monsieur, la plus vaine du mõde.

B

Et ie croy qu'auiourd'huy vous auez entrepris
De vous nuire vous mesme, & de m'estre à mépris,
Puis que vous m'eleuez en vn degré de gloire,
Où rien ne m'est égal, si i'ay droit de vous croire.

MENECHME rauy.

Mon amour seul aspire à cette égalité,
Il est seul infiny comme vostre beauté.
En cet vnique point vous pouuez estre vaine,
De rejetter mes vœux, & de causer ma peine.

ERGASTE.

Commandez le disner,

EROTIE.

J'estime infiniment,
Le discours que vous dicte, vn esprit si charmant
Quoy que ie dissimule, & que ie desaduouë,
Ie suis femme pourtant, & i'ayme qu'on me louë.

ERGASTE.

Moy, i'ayme qu'on me traite.

EROTIE.

Ainsi ie dois aymer,
Vn qui sçait si bien feindre, & si bien m'estimer.

MENECHME rauy.

N'estes-vous point du rang de ces ames faciles,
Que tout le monde treuue également dociles,
En qui tous les esprits font de mesmes effects,
Qui promettent tousiours, & ne donnent iamais;
O Dieux! que vostre humeur doit estre méprisee,
Que souuent ces discours ont mon ame abusee.
Telle qui me charmoit par l'appas de sa voix,
Que ie croyois m'aymer, autant que ie l'aymois,
Dont l'inclination me paroissoit si grande,
Qu'il ne me restoit plus qu'à faire la demande.
Me voiant approcher m'a repoußé la main,
Et m'a tout en raillant accusé d'estre vain;
Auecque tout le monde elle vit tout de mesme,
Et quiconque la voit estime qu'elle l'aime;
Madame, que ce point me cause de soucy,
Que ie suis mal-heureux si vous viuez, ainsi.

ERGASTE.

Monsieur il est bien tard.

EROTIE.

Enfin cette licence
Passe vne iuste borne, & ce discours m'offence.

B ij

Ie tiens vostre amitié pour vn rare bon-heur,
Pourueu qu'elle demeure aux termes de l'honneur;
Que mon honnesteté ne soit point offencee,
Et qu'vn but vertueux borne vostre pensee.
Autrement vous perdrez vos discours & vos soins,
Et me demandant plus, ie vous donnerois moins.
Ie ne remarque point d'action de ma vie,
Qui doiue authoriser vostre amoureuse enuie;
Si ma ioyeuse humeur vous fait imaginer,
Que me demandant tout ie doiue tout donner;
Il faut viure autrement, me contenir, me taire,
Et ces froids entretiens prouueront le contraire.

MENECHME rauy.

Bien, il me faut resoudre à souffrir constammant,
A n'amolir iamais ce cœur de diamant.
A mourir tous les iours pour de vaines chimeres,
Que vous font conceuoir les comptes de vos meres.
Que vous perdez de temps, & combien de plaisirs
Ce fantosme d'honneur dérobe à vos desirs!
Mais c'est trop irriter cette humeur obstinee,
Ie laisse à vos desseins regir ma destinee.
C'est trop vous amuser d'inutiles propos,
Peut-estre que le temps fera pour mon repos.
I'attens ma guerison de vostre repentance,
Elle retractera ceste iniuste sentence;

Cependant ce poinçon qui vous est dedié,
Aura l'heur de seruir à ce poil delié,
Et ie m'estimeray le plus heureux du monde,
De le voir tous les iours sous cette tresse blonde,
Et tous les iours touché par ses diuines mains,
A qui le Ciel permet d'enchainer tant d'humains.

EROTIE.

Quoy qu'indigne, Monsieur, d'vn present de la sorte,
Puisque vous l'ordonnez, il faut que ie le porte.
Qu'il est bien trauaillé! i'admire sa beauté,
Tout ce que vous donnez à cette qualité.

ERGASTE.

Quand faut-il qu'il soit prest?

MENECHME rauy.

Donne ordre, ma pensee,
Qu'au retour du Palais la table soit dreßée,
Ie reuiens de ce pas, & nous disnons icy.

EROTIE.

Adieu, ie vous attends.

ERGASTE.

Et moy i'y disne außi.

SCENE QVATRIESME.

EROTIE.

Cilindre?

CILINDRE.

quoy! Madame,

EROTIE.

Il faut que trois personnes
Treuuent vn bon repas en ce que tu me donnes.
Menechme fait vn tour, & vient dans vn moment,

CILINDRE.

Il n'en faut apprester que pour dix seulement,
Pour Menechme, pour vous, & pour son parasite,
Qui tout seul disne autant que huict mangeurs d'e-
lite.
Quoy qu'on puisse apprester, ie n'imagine pas,
Qu'apres luy vos valets fassent vn bon repas.
Sur tout, il boit des mieux, & nous verrons merueil-
les,
Si ce goinfre alteré gonuerne les bouteilles.

ACTE II.

SCENE PREMIERE.

MENECHME sosicle.   MESSENIE son valet.

MENECHME sosicle.

Onfesse que le port est bien doux aux
    Nochers,
Eschappez du peril, des flots, & des
    Rochers,
Et que le souuenir de la fureur de l'onde,
Est vne volupté qui n'a point de seconde.

MESSENIE.

Ie trouuerois encor vn plaisir plus charmant,
A ne s'exposer point sur ce traistre element.
A passer chez les siens le cours de ses annees,
Et n'aller point ainsi tenter les destinees;

I'ay veu cent fois la mort, & les vents courroucez,
Ont de mille dangers nos vaisseaux menassez.
Cent fois leur violance a deschiré nos voiles,
Cent fois ils nous ont mis au dessus des étoilles.
Les efforts du Pilote ont cent fois esté vains,
Et le timon cent fois est tombé de ses mains.
Nous tournons comme l'onde à l'entour de ces isles,
Et par tout nous faisons des chemins inutiles.
En toutes nous voyons des gens & des maisons,
En toutes vn mesme air, & de mesmes saisons.
Quand finira, Monsieur, vn si fascheux voyage,
Où vous perdez sans fruit le plus beau de vostre âge:
Au lieu que vous deussiez dans vn autre sejour
Donner ces ieunes ans au plaisir de l'amour.

MENECHME solide.

L'amour n'est point si doux, ny le vent si contraire,
Qu'ils m'ostent de l'esprit la perte de mon frere.
Seul ie sçay quel il est, & combien il m'est cher,
Seul ie sçay quel instinct m'oblige à le chercher;
Le repos m'est honteux, si ma nef vagabonde
N'a fait auparauant le tour de tout le monde.

MESSENIE.

Que ce temps ennuira vos parens desolez!
Depuis nostre départ six ans sont écoulez.

Songez

Songez, quelles douleurs ont leurs ames attaintes;
Imaginez leurs pleurs, figurez-vous leurs plaintes.
Qu'ils maudissent de fois ce voyage hazardeux,
Où pour leur rendre vn fils vous leur en ostez deux!
Helas! où nostre nef n'a - elle esté portee,
Et quelle region n'auons - nous visitee?
Quel fruit esperez -vous de vos pas superflus,
Si vous cherchez en terre, vn homme qui n'est plus?
Aprenez, le chemin qui menne chez les ombres,
Et nous l'irons tirer de ces riuages sombres,
Si lon peut repasser le chemin du trépas.
Autrement n'esperez que de perdre vos pas.

MENECHME sosicle.

Si la mort a suiuy son seruage, & ses peines,
Au moins i'en veux auoir des nouuelles certaines;
Et ce point obtenu, i'iray chez mes parens
Bastir vn Mausolee à ses manes errans.

MESSENIE.

Vous verray-ie tousiours dans vne humeur si noire?
Auez-vous resolu de composer l'histoire?
Nous aurions mesuré le quart de l'Vniuers,
Depuis que nous faisons tant de chemins diuers.

MENECHME sosicle.

Ne me presente plus cet aduis salutaire,
Au lieu de me l'offrir, pren celuy de te taire.

C

Garde que ces propos n'excitent mon courroux,
Et cesse de railler, si tu n'aymes les coups.

MESSENIE.

O mal-heureux effect de mon sort miserable!
Qui fait que mon aduis n'est pas considerable;
Le silence pourtant, m'est vne estroitte loy,
Et ie doy l'auertir des maux que ie preuoy.
Ie voy bien à regret cette riue estrangere,
Lors que ie sens, Monsieur, la bource si legere.
Plus nous nous esloignons en ces bords écartez,
Plus nous nous approchons des incommoditez.
Et vous n'emploiriez-pas vn soin moins necessaire,
A chercher de l'argent, qu'à chercher vostre frere.
Nous sommes abordez chez des gens inconnus,
Qui declarent la guerre aux esprits retenus.
Icy, par les plus saincts, Venus est inuoquee,
La volupté cherie, & la vertu moquee;
Tant de rares objects, tant de ieunes beautez
Tiennent icy les yeux, & les cœurs enchantez,
Et pour se faire aymer vsent de tant de charmes,
Qu'il est bien mal-aisé de ne rendre les armes.
Apres, les biens qu'on a sont bien-tost disparus,
Vn Cræsus les aymant, deuiendroit vn Irus.
Qui leur donne des vœux s'appreste des supplices,
Et la necessité suit ces molles delices.

MENECHME sosicle,

C'est assez, i'auray soin d'éuiter leurs appas,
Mais donne-moy la bourse, & ne t'esloigne pas.

MESSENIE.

Quoy! vous suis-ie suspect?

MENECHME sosicle.

Cette isle est dangereuse,
A ceux, qui comme toy sont d'humeur amoureuse.
Vne fille s'offrant, ie te tiens si courtois,
Que ie serois trompé si tu la rejettois.
Moy ie me fasche tost, & iamais ne supporte
Le tort que me peut faire vn homme de ta sorte:
Et ie ne prends l'argent que pour nous empescher,
Toy de me faire tort, & moy de me fascher.

MESSENIE.

Vous m'auez deschargé d'vn fardeau si penible,
Que i'en reçoy, Monsieur, vn plaisir indicible,
Et si vous m'accordez le souhait que ie faits,
Vous me dispenserez de le porter iamais.

SCENE DEVXIESME.

MENECHME fofidle.   MESSÉNIE.
CILINDRE.

IE croy qu'il fuffira de ces mets que ie porte.   [te:
Mais, Dieux! eſt-il ſi tard? Menechme eſt à la por-
Le vin eſt en la chambre, entreʒ -y ſeulement,
Je ne vous feray plus attendre qu'vn moment.

MENECHME fofidle.

Quoy, ſçais-tu qui ie ſuis?

CILINDRE.

I'aurois peu de memoire,
I'ay cent fois eu l'honneur de vous verſer à boire.

MENECHME fofidle.

Et ſçais-tu bien mon nom?

CILINDRE.

Ouy, c'eſt Menechme.
MENECHME fofidle.
O Dieux!
Comment peut-on deſia me connoiſtre en ces lieux?

CILINDRE.

Ergaste vient-il pas?

MENECHME sosicle.

Qui!

CILINDRE.

Vostre parasite,
Dont tous les bons beuueurs estiment le merite.
Ce grand vuideur de plats, ce grand reinceur de pots,
Qui dans les Cabarets a fondé son repos;
Ha! qu'il va triompher sur l'estime des tables,
Et qu'il vous comptera de merueilleuses fables!

MESSENIE.

Que vous ay-ie predit?

MENECHME sosicle.

Où me suis-ie adreßé?
Et quel plaisant discours me fait cet insensé?

CILINDRE.

Vous trouuerez, Monsieur, vn disner assez rare
En la diuersité des mets que ie prepare.

MESSENIE.

O le plus plaisant fou qui soit dessous les Cieux!
Amy, tu te méprends, il aborde en ces lieux.

A peine la Nauire est encore arrestee,
Et l'ancre n'est qu'à peine à la riue iettee.
Que veux-tu qu'il cõprenne aux comptes que tu faits,
Toy qu'il ne cognoist point, & qu'il ne vid iamais.

CILINDRE.

Amy, tu ne doibs pas m'outrager d'auantage,
Où ie vais de ces plats te couurir le visage,
Ne dy mot seulement à qui ne te dit rien,
Je ne te vis iamais, & ie le connoy bien.

MENECHME sosicle.

Où m'aurois-tu connu?

CILINDRE.

Que vous sert cette feinte,
Je sçay la passion dont vostre ame est atteinte.
Erotie à sur vous vn absolu pouuoir,
N'ay-je pas tous les iours l'honneur de vous y voir?
Pouuez-vous méconnoistre vn homme de ma sorte?
Ne vous souuient-il plus des poulets que ie porte,
Et du bruit que nous fit vostre chaste moitié,
Lors qu'elle découurit vostre ardente amitié?
O Dieux! qu'elle me fit vn insigne reproche,
Quand vne lettre vn iour me tomba de la poche,
Et qu'elle y reconnut certaines priuautez,

Par qui ce rare object tient vos sens arreſtez?
Ma ſuitte me ſauua de mille baſtonades,
I'eus d'apprehenſion les eſpaules malades;
Et depuis me trouuant en mille endroits diuers,
Elle ne m'a ſçeu voir que d'vn œil de trauers.

MESSENIE.

Quoy, tu cognois ſa femme?

CILINDRE.

Ouy, ſa femme, Oraſie,
Dont vn ialoux ſoupçon trouble la fantaiſie:
Mais va cauſer ailleurs, & me laiſſe en repos,
Car ce n'eſt pas à toy que ie tiens ces propos.
Si tu veux diſcourir, cherche qui te réponde.

MESSENIE.

O le plus inſenſé de tous les foux du monde!

CILINDRE.

Amy, ie pourrois-bien te ſeruir de ces plats,
Mais en vne façon que tu n'eſpere pas.

MESSENIE.

Toy, ie t'aurois briſé plus ayſément qu'vn verre,
Et du moindre regard ie t'aurois mis à terre.

Mais ie battrois vn homme, indigne de mes coups,
Ie respecte mon Maistre, & i'épargne les fous.

CILINDRE.

Que ce maraut est vain, quoy? Menechme est ton
  Maistre?

MESSENIE.

Il l'est, & si tu veux qu'il le fasse paraistre,
Tu n'as qu'à le prier de parler seulement,
Et tu seras battu par son commandement.

CILINDRE.

Monsieur, il doit beaucoup à vostre compagnie,
Sans vous i'aurois desia sa vanité punie.
Que veut-il à celuy qui ne le vid iamais?
Me veut-il quereller pour excroquer ces mets?

MENECHME sosicle.

Toy mesme t'es mépris, toy-mesme nous affrontes,
Et ie ne comprends rien aux fables que tu comptes;
Consultez-vous icy quelque sçauant demon,
Qui vous apprenne tout, & qui t'ait dit mon nom?
Sommes nous abordez en quelque isle enchantee,
Qu'vn nombre de sorciers ait iadis habitee?

MESSENIE.

Monsieur, n'en doutez pas, les peuples de ces bords
Sont des Demons cachez sous des formes de corps.

Les

Les mets que vous voyez, sont des mets en peinture,
Et ces plats sont de l'air, qui n'a que la figure;
Nos yeux sont abusez, d'vn fantosme mouuant,
Frappez-le mille fois, vous frapperez du vent.

CILINDRE.

N'éprouuez point sur moy de telles defiances,
Vous deuez estre exempt de ces vaines creances.
Vous me cognoissez trop, & vous n'ignorez pas,
Que ie vous ay dressé de solides repas;
Mais il vous plaist, Monsieur, de railler de la sorte.
I'entre, & vais enuoyer ma Maistresse à la porte,
Qui vous attend sans doute, & dont les complimens
Vous feront mépriser ces diuertissemens.

Il s'en va.

MENECHME sosicle.

Tu m'as fidellement la verité preditte,
Et quelque Courtisane en ce logis habite.
N'importe, quelqu' aduis dont ie sois dépourueu,
Ne crain pas que ie tombe en vn filet preueu.
Attendons seulement: mais i'admire cet homme,
Qui ne m'ayant point veu, me cognoist, & me nomme.

MESSENIE.

Moy ie suis estonné de cet estonnement,
Ayant veu tant d'effects de vostre iugement.

D

Nous n'auions pas quitté l'humide sein de l'onde,
Que l'on sçauoit icy les noms de tout le monde.
Les femmes ont des gens sur le bord de ces eaux,
Qui si tost qu'on arriue entrent dans les vaisseaux,
Et s'enquestent des noms, du païs, des richesses,
Pour les venir en haste apprendre à leurs maistresses;
Elles prennent alors leurs plus beaux ornemens,
Vous ne vistes iamais des obiects si charmans.
Tout cede à leurs appas, les mains les plus auares
Font des profusions pour des beautez si rares.
Leur entretien est doux, mais cette volupté
Est vn chemin ouuert en la necessité.
On voy bien-tost sa ioye en douleur conuertie,
Tel & rit en entrant, qui pleure à la sortie.

MENECHME sosicle.

I'estime ton conseil, mais n'apprehende rien.

MESSENIE.

Ie sçauray qu'il est bon si vous en vsez bien.

SCENE TROISIESME.

 EROTIE. MENECHME ſoſicle. MESSENIE.

EROTIE.

Qv'attendez-vous, Monſieur, quand la porte eſt
    ouuerte,
Moy dans l'impatience, & la table couuerte.
Qui vous rend ſi penſif & ſourd à mes propos,
Le ſoin de vos procés trouble voſtre repos.

MENECHME ſoſicle.

Dieux le Diuin objet, ie me rends Meſſenie,
Et ne puis reſiſter à ſa force infinie.

MESSENIE.

Il eſt vray qu'elle eſt belle.

EROTIE.

         Entrez-donc, tout eſt preſt.

MENECHME ſoſicle.

Que ſon viſage eſt doux, que ſon diſcours me plaiſt.

MESSENIE

Fut-elle plus charmante, & cent fois plus aymable,
Le mal que ie preuoy m'eſt bien deſ-agreable.
Ce n'eſt qu'à voſtre argent qu'elle rend ſes appas,

EROTIE.

Vous ne reſpondez rien, ne m'entendez-vous pas?

MENECHME sosicle.

Quoy! me connoissez-vous?

EROTIE.

Monsieur deuez-vous croire,
Qu'vn moment vous ait pû chasser de ma memoire?
Ne me firois-ie plus au rapport de mes yeux?
Et ne venez-vous pas de sortir de ces lieux?

MENECHME sosicle.

Madame, brisons-là, ce discours inutile,
Ie ne vous vis iamais, & i'aborde en cette isle.

EROTIE.

Dieux! combien auiourd'huy son humeur a d'appas!
Et qu'il ayme à railler où sa femme n'est pas!

MENECHME sosicle.

Vous vous donnez, Madame, vne inutille peine.

EROTIE.

Quoy! vous n'habitez pas cette maison prochaine.

MENECHME sosicle.

Ie cede à qui voudra le droit que i'y pretends,
Puisse faire le Ciel perir ses habitans.

EROTIE.

Que cet homme est saisi d'vne folie extréme!
Il renonce à son bien, & se maudit soy-mesme.

MENECHME.

Si vous auez dessein d'attirer vn amant,
Il n'y faut employer que vos yeux seulement;
Vous n'auez point besoin d'vne si vaine feinte,
Ma raison s'est renduë, & mon ame est atteinte.
L'honneur de vos baisers est vn bien infiny,
Et qui l'a méprisé, soy-mesme s'est puny.
Ne differez donc plus vn bien si delectable,
Dont vous fauorisez vn objet incapable.
O Dieux! qui n'aymeroit la force de vos coups?
Et qui pourroit tenir contre des traits si doux?

EROTIE.

Vous reprenez tousiours vos premieres licences,
Mais ie ne suis pas femme à souffrir ces offences.
Ie vous ay fait paraistre & iuré trop souuent,
Que vostre affection se repaissoit de vent.
Que vous entreteniez vne esperance vaine,
Et que vous vous donniez vne inutille peine.
Rétraignez vostre ardeur aux termes d'amitié,
Honorez de l'amour vostre chaste moitié.
Nous serons tous contents, & dans ces deux limites
Rien ne m'empeschera de cherir vos visites;
I'estime vostre humeur, & le bien de vous voir
M'est vn bon-heur plus grand qu'on ne peut conceuoir.

MENECHME sosicle.

Vos yeux se sont mépris, voyez bien mon visage,
Vous pensez à quelqu'autre adresser ce langage;
Mon cœur ne fut iamais sous l'himen arresté,
Et ie n'ay iamais veu vostre rare beauté.

EROTIE.

Un passe-temps si long commance à me déplaire;
N'estes-vous pas Menechme, & Mosque vostre pere?
La Sicile, l'endroit ou vous pristes le iour,
Et ce lieu maintenant vostre vnique sejour?

MENECHME sosicle,

Escoute, Messeine, ô Dieux! qu'elle merueille!
En l'estat où ie suis ie doute si ie veille.

EROTIE.

Ce poinçon n'est-il pas vn present de vos mains?
Pourquoy prolongez-vous des entretiens si vains.
Quand l'heure du repas est à demy passee,
Tous les mets preparez, & la table dressee.

MESSENIE.

O Dieux! Ce passe-temps ne se peut trop loüer.

.MENECHME sosicle.

Ne dy mot seulement, ie vay tout aduoüer;

Esprouuons son dessein, quelque rets qu'elle dresse,
Si ie m'y treuue pris ie loüeray son adresse:
Il n'est plus temps de feindre, adorable beauté,
Vous treuuez peu d'appas en cette volupté,
Et comme ie feignois à dessein de vous plaire,
Pour le mesme dessein, ie ne le doy plus faire;
Ouy, ie suis ce Menechme, esclaue de vos yeux,
Ces astres les plus doux qui brillent en ces lieux.
Dont l'vnique douceur me conserue la vie,
Et m'anime au deffaut de mon ame rauie.

EROTIE.

Ergaste viendra-il?

MENECHME sosicle.

Je ne le cognoy pas.

EROTIE.

Vous m'auez auec luy commandé ce repas.

MENECHME sosicle.

Jl a trop demeuré.

EROTIE.

En luy donnant le poinçon.
Cet agreable gage,
S'il estoit émaillé me plairoit dauantage.

MENECHME ſoſicle.

Donnez-moy ſeulement, i'en prendray le ſoucy,
Et demain au plus tard ie le rapporte icy;
Entrons. Tien cet argent, & m'attends au nauire,
Cependant que ie ſuy cet aimant qui m'atire.

MESSENIE ſeul.

Qu'il ſoit ſourd maintenant à mes ſages propos.
Gardant ce que ie tiens i'ay l'eſprit en repos:
Dieux! ie tremblois de peur, car il eſt ſi facille,
Que pour vne faueur, il en rend touſiours mille:
Et que pour le plaiſir d'vn repas ſeulement,
Il nous euſt mis au point de ieûner longuement.

ACTE

ACTE III.

SCENE PREMIERE.

ERGASTE.

Rgaste infortuné, depuis l'heure pre-
    miere
  Que ton œil a iouy du bien de la lumiere,
Helas! fus-tu iamais dépourueu de conseil,
Jusqu'à commettre vn mal à cettuy-cy pareil;
Estre dans le palais au milieu de la foule,
Et ne prendre pas garde où Menechme se coule,
En détourner les yeux, voir battre des laquais,
Un semblable malheur m'arriua-il iamais?
Que ie manque d'esprit, que i'ay peu de prudence,
Tout son dessein estoit de perdre ma presence,
Et d'épargner le bien que ie me promettois,
De boire iusqu'au soir en l'humeur où i'estois;
Qu'il s'est bien tost défait, l'extreme diligence,
Ces laquais se battoient par son intelligence,
Et paroissant ainsi de colere enflammez,
C'estoit contre ma faim qu'ils estoient animez;

E

Leur colere & leurs coups se déchargeoient sur elle,
Ie portois le danger de toute leur querelle,
Et i'estois réjouy de mon propre malheur,
Alors que ie pensois ne l'estre que du leur;
Depuis ie l'ay cherché parmy toute la presse,
Mais inutilement, il est chez sa maistresse,
Où ie suis asseuré qu'il ne reserue pas
Pour la faim que ie sens le meilleur du repas;
Ha, que leur entretien maintenant a de charmes!
Et qu'ils treuuent à rire au sujet de mes larmes.
Mais il sort, ie le voy.

SCENE II.

MENECHME sosicle. EROTIE. ERGASTE

MENECHME sosicle, tenant le poinçon.

Demain ie vous le rends,
Adieu; reposez-vous sur le soin que i'en prends.

EROTIE rentrant.

Adieu:

MENECHME sosicle.

Que cet objet occuppe ma pensée!
Les agreables traits dont mon ame est blessee!

Que de propos charmans, que d'honnestes refus.
Cede luy ma raison, ne luy resiste plus,
Son visage est pourueu d'ineuitables charmes,
Et ses moindres attraits sont pl° forts que tes armes;
Mon cœur est tout de flame, & des sceptres offerts
Ne luy plairoient pas tant que l'honneur de ses fers;
Combien ie beniray cette heureuse iournée,
Si ie puis l'attirer sous les loix d'hymenée :
Car m'en promettre rien qu'à ces conditions,
Seroit d'vn vain espoir flatter mes passions;
I'ay par son entretien son humeur recognuë,
Iamais vne beauté ne fut si retenuë,
Et la seule raison qui cause mon soucy,
C'est que sans me connoistre elle me traitte ainsy,
Iure qu'il n'est franchise à mon humeur egale,
Qu'elle tient ce poinçon de ma main liberale,
Que i'habite en ces lieux, qu'elle me connoist fort,
Qu'Orazie est ma femme, & que ie feins à tort :
Là ie restois muët, mais auecque ces fables,
Elle mesloit aussi des discours veritables,
Car elle sçait mon nom, & cognoist mon pays;
Que cette obscurité rend mes sens ébays.

ERGASTE.

Il est saoul maintenant, il discourt à son aise;
Me puis-je contenter, faut-il que ie me taise?

Dieux! le superbe esprit, ie marche sur ses pas,
Il me void, il m'entend, & ne me parle pas:
Le faut-il aborder? quelle preignante injure
Allegera mon cœur en la faim que i'endure.

MENECHME sosicle.

Que veut cet importun!

ERGASTE.

　　　　　　Ouy, i'ay fort merité
Qu'auiourd'huy vous blasmiez mon importunité,
Ie vous deusse épargner en l'humeur dõt vous estes,
Et ie suis tout chargé des dons que vous me faites,
Vous m'auez fait disner de mets si delicas,
Que ie ne fis iamais vn si friand repas,
I'vse auiourd'huy de vous auec trop de licence,
Vous estes ruiné de payer ma dépence.

MENECHME sosicle.

Que compte cet yurongne!

ERGASTE.

　　　　　　Ha, que vous auez tor,
Pourquoy m'obligiez-vous à m'enyurer si fort?
Vous deuiez m'épargner, & defendre à la tabl
Que l'on me prodigast vn vin si delectable:

O combien de vapeurs offusquent ma raison,
Et que i'auray de peine à treuuer la maison !

MENECHME Sosicle.

Adieu, suy ton chemin :

ERGASTE.

     Peste de tous les hommes,
Esprit le plus méchant du seiour où nous sommes,
Peux-tu me faire ouir ce discours, effronté ?
Ne te suffit-il pas de m'auoir affronté ?
Voyez, quelle surprise en son visage est peinte,
Il ne se souuient pas du sujet de ma plainte,
I'ay tort de l'accuser, il m'attendoit icy,
Il n'auoit pas dessein de me quitter ainsy,
Il treuue en ma presence vn bien fort delectable,
N'est-il pas vray, réponds, infame, detestable,
Parle, reproche-moy d'estre venu trop tard,
Dy qu'vn chien par malheur a deuoré ma part,
Qu'on a pour me trouuer fait tout le tour de l'isle,
Mais qu'on ne s'est donné qu'vne peine inutile,
Dy moy que tu n'as fait qu'vn ennuyeux repas,
Que tu n'es point content quand tu ne me voy pas,
Vien me compter encor cette vaine chimere,
Infame, dissolu, detestable, adultere ;

Ta femme, débordé, sçaura comme tu vis,
Et ie luy vais compter ce que tu luy rauis.

MENECHME sosicle.

De quoy vient cét-yurongne étourdir mon oreille,
Et quelle extrauagance à la sienne est pareille ?
Où nous conduit le sort, où sommes nous venus,
Et que veulent ces fous à des gens inconnus.

ERGASTE.

Il est vray qne i'ay tort, ie ne te puis connoistre,
L'affront que i'ay receu le fait assez parestre,
L'effet dément toûjours les discours que tu fais,
Ta bource & ton esprit ne s'accordent iamais,
On se iuge à te voir le plus libre du monde,
Car ton humeur fardée en paroles abonde,
Ta voix n'est point auare, elle promet toûjours,
Mais tu ne nous repais que de ces vains discours,
Et nous n'auons iamais éprouué tes largesses,
Lors que nous esperions l'effet de tes promesses,
Quand on ouure les mains, & qu'on croit tout tenir,
Quelqu'affaire impreueu t'empesche de venir,
On t'a volé ta bource, ou tu l'as oubliée,
En fin, ton auarice est toûjours pâliée.
Qui ne te croiroit pas, qui n'eust dit ce matin
Que tu me preparois vn superbe festin,

Que tes intentions estoient sans artifices,
Et que rien ne deuoit égaler nos delices :
N'as-tu pas ordonné qu'on tint le disner prest ?
Et n'a-t'on pas promis d'accomplir cet arrest ?
De quoy peut-on douter aprés tant d'apparence,
Et qui ne te croiroit en pareille occurrence ?
Ie ne t'épiois point, lors que ie te suiuois,
Et ie disnois desia par l'espoir que i'auois,
Nous estions au palais, ou tu n'as point d'affaire,
Où tu n'auois que moy de partie aduersaire,
Où ta seule auarice auoit dressé tes pas,
Où tout nostre procez estoit pour vn repas ;
Tu taschois d'échapper, ô la belle victoire !
Qu'vn repas épargné luy procure de gloire !

MENECHME sosicle.

Que de sens & d'esprit cet homme est dépourueu,
Que me compte ce fou que ie n'ay iamais veu ?

ERGASTE.

Tu ne m'as iamais veu ?
MENECHME sosicle.
Non,
ERGASTE.
Qui moy ?
MENECHME sosicle.
De ma vie.

ERGASTE.

Tu ne me cognois pas?

MENECHME fofícle.

            Et n'en ay point d'enuie;
I'arriue fraifchement en ce bord eftranger.

ERGASTE.

Il t'eft permis de rire, à moy de me vanger;
Adieu, tout l'Vniuers ne me pourroit diftraire
Du deffein que m'infpire vne iufte colere,
Tu te repentiras de m'auoir fait ieufner,
Et tu te fouuiendras d'vn femblable difner.

MENECHME fofícle.

Dieux! ie croy qu'à deffein cette fourbe eft tiffuë,
Et ie commence bien d'en redouter l'iffuë:
Que veulent tous ces gens que ie ne connoy pas?
Mais quelle femme encor dreffe vers moy fes pas,
Fuyons, fans repartir à fa moindre parole,
I'entreprendrois pluftoft mille fous, qu'vne fole.

SCENE

SCENE III.

ORAZIE.

Rains-tu que mon dessein soit de te retenir?
Croy, que si ie te suy, tu peux bien reuenir;
Va mary débordé, caresser tes amantes,
Et redonne à tes yeux leurs lumieres absentes,
Ie beniray cent fois ces objets effrontez,
J'aime ta trahison, i'aime tes voluptez;
Ie veux bien que iamais le remords ne te touche,
Que tu craignes ma veuë, & detestes ma couche,
Que nul contentement n'egale tes plaisirs,
Et qu'on accorde tout à tes sales desirs,
Si i'obtiens ce bon heur, apres tant de supplices,
Que tu rendes l'esprit au milieu des delices,
Que iamais ton objet ne se presente à moy,
Que ta mort me deliure, & dégage ma foy;
Helas! quelle fortune egale ma misere?
Que la loy de l'hymen est vne loy seuere,
Et qu'on est ennemy de son contentement,
Lors qu'à sa tirannie on preste le serment;
Vne femme promet d'endurer, de se taire,
De renoncer à soy, de viure solitaire;
Alors qu'elle promet de craindre son époux,
Vne nuit seulement est-ce qu'elle a de doux;

F

Ses plaisirs sont finis aussi-tost que la dance,
Et la seconde nuict son vefuage commence;
Depuis que son mary la tient en ses liens,
Il a bien-tost repris ses chemins anciens,
Il dédaigne bien-tost sa grace & son merite,
Pour reuoir Amarante, ou Philis, ou Carite,
Et nous voyons bien-tost nostre bien consommé,
Par l'impudique ardeur dont il est enflammé.

SCENE IIII.

ORAZIE. ERGASTE.

ERGASTE.

MAdame, en quel estat vous verrons nous
reduite,
Si dans peu vostre époux ne change de conduite;
On murmure par tout de ses débordemens,
On rit de sa folie, & l'on plaint vos tourmens;
Il acquiert tous les iours de nouuelles maistresses,
Il achete leur veuë & leurs moindres caresses;
Vne telle manie a ses sens occuppez,
Qu'il aura dans vn an tous vos biens dissipez,
Diuertisse le Ciel semblable prophetie;
Mais i'en dirois beaucoup sans nommer qu'Erotie,
Qui sans rien accorder à ce cœur dissolu,
A sur luy toutefois vn empire absolu,

Et le defir qu'il a de vaincre cette belle,
Fait que fa libre humeur prodigue tout pour elle :
Encore à ce matin, i'ay veu cet inconftant,
Luy donner ce poinçon que vous cherifsiez tant,
Que chacun eftimoit, & de qui la parure
Adjoûtoit tant de grace à voftre cheuelure,
Ie fçay bien qu'elle eft fourde à fes vaines amours,
Qu'elle rit de fes vœux, mais elle prend toûjours.

ORAZIE.

Helas ! tu m'aduertis d'vn malheur fans remede,
Il eft deuenu tel, qu'il faut que tout luy cede,
C'eft vn arbre ployé qu'on ne peut redreffer.
I'en ay plus de douleur que tu ne peux penfer,
Mais dans ce déplaifir dont mon ame eft atteinte,
Ie n'ay pour tout recours qu'vne inutile plainte,
I'ay bien veu ce matin, quand i'ay pris mes habits,
Qu'il auoit détourné le poinçon que tu dis,
Et ie l'attendois là, Mais fi toft qu'il m'a veu,
Il a preffé le pas, & détourné la veuë ;

ERGASTE.

Le voicy qui reuient :

ORAZIE.
O Ciel ! ô iuftes dieux !
Que n'offrez-vous plûtoft vn ferpent à mes yeux !

SCENE V.

MENECHME rauy. ORAZIE. ERGASTE.

MENECHME rauy, parle seul.

EN fin cesse Themis de troubler ma pensée,
L'heure que i'ay donnée est à demy passée,
Donne tréue à mes soins le reste de ce iour,
Souffre que ie l'emploie en vn procez d'amour:
I'aime la plus farouche, & la plus inhumaine,
Que ie pouuois choisir pour l'objet de ma peine,
L'insensible se rit des pleurs de ses amans,
On souffre à son sujet d'inutiles tourmens,
On perd son cœur pour elle, & si l'on se propose
D'en demander le prix, on perd aussi sa cause:
En vain pour la combattre on prend tant de souci,
Car estant la partie, elle est le iuge aussi,
Ie ris, ie l'entretiens, ie vante ses merites,
Mais ie n'oze passer ces étroites limites,
I'ay de mille presens assailly sa rigueur,
Et ces foibles moyens ne touchent point son cœur.

ERGASTE.

Entendez-vous ces mots?

MENECHME rauy.

Mais en vain on me blasme,

La deuſſay-je enrichir aux deſpens de ma femme,
Me deuſt-elle reduire à la neceſſité,
Ie ne puis la main vuide, aller voir ſa beauté.

ORAZIE le ſurprenant.

C'eſt viure comme il faut:

MENECHME rauy.

O ſurpriſe importune!

ORAZIE.

Et nous ferons enſemble vne heureuſe fortune;
Voila pour m'obliger à vous eſtimer fort,
C'eſt bien là le moyen de nous mettre d'accord.

MENECHME rauy, tout bas.

O dieux! ie ſuis perdu, quelle aſſez prompte ruſe
En cette occaſion me ſeruira d'excuſe?
De quoy m'accuſes-tu?

ORAZIE.

De rien, ame ſans foy,
Et ton propre diſcours t'accuſe aſſez ſans moy.
Deſaduouë, effronté, cet affront qui me touche,
Iure que d'auiourd'huy tu n'as ouuert la bouche,

Repren ma ialousie, ô le parfait époux!
Que i'ay peu de raison d'exciter son courroux!
Qu'il accroist nos moyens par des peines étranges,
Que sa fidelité merite de loüanges :
Si ses vœux sont receus, & ses trauaux benis,
Il nous amassera des tresors infinis.

MENECHME rauy.

Quoy! ce que ie disois a ton ame abusee?
Tu manques bien d'esprit, toy qu'on tient si rusee;
L'ay-je dit sans dessein, ne te voyois-je pas
Escouter mes discours, & marcher sur mes pas?
Conserue si tu veux cette creance vaine,
Ie ne parlois ainsi que pour te mettre en peine,
Que pour nourrir la peur dont ton cœur est rongé,
Et toute autre en ta place en eust ainsi iugé;
Mais quand iusqu'a ce point vn esprit est malade,
Il n'est rien qu'aisement il ne se persuade,
Tu crois m'auoir surpris, quand tu m'as écouté,
Et tu tiens mes discours pour une verité.

ERGASTE.

O qu'il est asseuré!

MENECHME rauy, luy faisant signe.

Tu nourris sa colere.

ERGASTE.

Voyez, que d'vn clein d'œil il m'inuite à me taire.

MENECHME rauy.

Que dit cet insensé?

ERGASTE.

        Que ie suis satisfait,
M'estant si bien vengé du tour que tu m'as fait;
Exalte maintenant cétte fourbe subtile,
Va faire ce discours à tous ceux de cette isle;
Va te vanter par tout de m'auoir fait ieusner,
Ie iure maintenant de te le pardonner;
Tu n'en diras point tant que ie ne le confesse;
I'en riray le premier, quelque faim qui me presse.

MENECHME rauy.

Dieux! que puis-je comprendre à de si vains propos,
Et qui porte ces gens à troubler mon repos?

ERGASTE.

Me croyois-tu d'humeur à souffrir cet outrage?
Estimois-tu qu'Ergaste eût si peu de courage?
Croy que de quelque soif que ie sois embrasé,
I'ay bien de quoy l'éteindre, & ie t'eusse excusé,

Mais tu ris, & tu feins de ne me pas connoiſtre,
Quand tu t'és enyuré, tu m'accuſes de l'eſtre,
Et ie me pourrois taire, eſtant ainſi raillé?
Il n'eſt ſi patient qui me l'euſt conſeillé;
I'ay parlé comme il faut de ton mauuais ménage,
Et ſans quelque reſpeƈt i'en dirois dauantage.

ORAZIE.

Traiſtre! qui m'eſtois cher plus qu'on ne peut penſer,
Tu me rauis mon bien afin de m'offenſer?
Il faut que ie te ſerue à gaigner tes maiſtreſſes,
De ce qui m'appartient, tu leur fais des largeſſes,
Ie verray mes ioyaux leur ſeruir d'ornement;
C'eſt là trahir ſa femme aſſez ouuertement.
Ne dois-je point auſſi faire ton ambaſſade,
Ne deſire-tu point que ie les perſuade;
Ouy, ie veux épargner les pas de tes valets,
Et ie leur porteray moy-meſme tes poulets:
Ie declare la guerre à leur humeur farouche,
Ie prendray le ſoucy de les mettre en ta couche,
Apres, i'iray par tout publier ta vertu:
Eſt-ce aſſez, t'obliger? m'en remercieras-tu?

MENECHME fauy.

En fin c'eſt trop long-temps choquer ma patience,
Parle plus clairement, ou garde le ſilence:

Que

Que t'ay-je fait?

ORAZIE.

Tu m'as,

MENECHME rauy.

Quoy?

ORAZIE.

Volé mon poinçon,

MENECHME rauy.

Erotie en veut vn de la mesme façon,
Et renuoira le tien au plus tard dans vne heure.

ORAZIE.

Pouuoit-il rencontrer vne excuse meilleure?
Pourquoy l'as-tu porté sans m'en donner aduis?
Je ne m'ingere point de prester tes habits;
Ie cheris ce que i'ay; i'en vse, i'en dispose,
Et croy ne deuoir point me mesler d'autre chose,
Que ne vis-tu de mesme?

MENECHME rauy.

A quoy tant de soucy?
De ce pas si tu veux ie le rapporte icy.

G

ORAZIE.

C'eſt parler ſagement, & ſi tu ne l'apportes,
Tu rentreras bien tard, ou tu rompras les portes.

MENECHME rauy, il entre chez Erotie.

Ie reuiens, attend moy.

ERGASTE.

Madame, de quel prix
Recompenſerez-vous le ſoucy que i'ay pris?
Laiſſez-vous ſans loyer vn ſi digne ſeruice?

ORAZIE.

Ie te reconnoiſtray par vn ſemblable office,
Et te rendray le bien qu'auiourd'huy tu me faits,
Elle s'en va. Si ie puis découurir qu'on te vole iamais.

ERGASTE.

Ie ſuis donc en danger de longuement attendre,
Car ne poſſedant rien, que me pourroit-on prendre?
Il faudroit releuer d'vne ſeuere loy,
Pour mourir d'vn larcin qu'on auroit fait chez
    moy.

Où faut-il maintenant que mon espoir se fonde,
Ie suis à cette fois le plus confus du monde ;
Que puis-je, malheureux, esperer desormais ?
Menechme n'est pas homme à me traitter iamais.
I'auois tort d'irriter vn esprit si sensible,
A des gens qui n'ont rien, la vengeance est nuisible,
La faim est bien plus dure à porter qu'vn affront,
Et ie deuois bien plus à mes dents, qu'à mon front.
Adieu, chere maison, adieu toute ma ioye,
Mais on ouure, c'est luy, passons qu'il ne me voye.

SCENE VI.

EROTIE. MENECHME rauy.

MENECHME rauy.

AYez de moy, Madame, vn meilleur senti-
ment,
L'amour n'a pas si fort troublé mon iugement,
S'il me deuoit reduire à ce point de manie,
Ie me dégagerois de sa force infinie ;
Mais i'ay des yeux encor pour voir ce que ie fais,
Ie sçay que de ce pas i'arriue du palais :

On se propose en vain de tromper ma memoire,
Ce que ie n'ay point fait, ie ne le sçaurois croire.

EROTIE.

Vous ne l'auez pas pris pour le faire émailler?

MENECHME rauy.

Que vous estes sçauante en l'art de vous railler:
Si vous auez porté la qualité d'épouse,
Figurez-vous l'humeur d'vne femme ialouse,
Et que si ie ne rends ce poinçon que i'ay pris,
La mienne tous les iours m'étourdira de cris;
Exemptez moy des bruits de cette femme auare,
Ie vous en promets vn, plus exquis, & plus rare.

EROTIE.

Monsieur, ie n'entens rien à ces ieux déplaisans,
Ne m'importunez plus, & gardez vos presens,
Vostre ioyeuse humeur s'est assez exercée,
D'autres soins maintenant m'occuppent la pensée,
Adieu.

MENECHME rauy.

Madame, vn mot, ô rigoureux destin!
Qu'vn astre infortuné m'éclaire ce matin;

O Ciel, que nous deuons reuerer ta iustice,
Et que tu me punis d'vn seuere supplice:
Où me dois-je adresser? que dois-je deuenir?
Quel aduis faut-il prendre, & quel chemin tenir:
Chacun me traitte en fou, tout le monde m'raille,
On me ferme la porte en quelque part que i'aille,
Tout conspire à venger le vol que i'ay commis:
Il me faut là dessus consulter mes amis.

ACTE IV.

SCENE PREMIERE.

MENECHME sosicle. ORAZIE.

MENECHME sosicle.

Ombien ie perds de pas à chercher Meſſenie,
Il n'a rien en horreur tant que ma compagnie,
Il ne s'eſtime ſerf qu'alors qu'il ſuit mes pas;
Il eſt en liberté quand il ne me void pas,
Il ſçait tout, il a tout, & ï'ay peu de prudence,
D'honorer vn captif de tant de confidence,
Ie cognois ſon humeur, & ſuis mauuais deuin,
S'il ne s'enſeuelit maintenant dans le vin.

ORAZIE vient à ſa porte, & le voyant.

Il reuient, ie l'auiſe,

MENECHME sosicle.

Auparauant qu'il ſorte.

ORAZIE.

Et ie dois à mes cris ce poinçon qu'il rapporte.

MENECHME soficle.

Les objets doubleront, il verra deux soleils,
En moy seul il verra deux Menechmes pareils,
Il perd entre les pots tout soucy de me suiure,
Il y passe les iours, & n'en sort iamais qu'yure.

ORAZIE,

Homme le plus brutal qui respire en ces lieux,
Oses-tu desormais te monstrer à mes yeux ?
Ma plainte, déloyal, est-elle legitime,
Maintenant que tu tiens la preuue de ton crime!

MENECHME soficle.

Quel crime ? que veux-tu ?
ORAZIE.
Qu'il parle effrontément ?
Le confessera-il, rougit-il seulement ?

MENECHME soficle.

De quoy m'accuses-tu ?
ORAZIE.
Dieux ! l'impudence extreme,
I'ay bien tort, & ie suis le seul objet qu'il ayme.

MENECHME Sosicle.

S'il est vray que mon cœur brûle pour tes appas,
C'est d'vn brasier si doux que ie ne le sens pas.

ORAZIE.

Ie te croy, sans iurer, traistre, infame, adultere,
Il faut ne rien valoir pour ne te pas déplaire;
La vertu n'a iamais ton esprit arresté.
Ta haine est vne preuue à mon honnesteté;
Et si ie te causois quelqu'amoureuse enuie,
Je m'examinerois, i'accuserois ma vie,
Mon honneur ce me semble auroit quelque defaut,
Ie ne me croirois pas comporter comme il faut.

MENECHME Sosicle.

Quel monstre de folie en cette isle preside!
Qu'il auroit fait de peine à la valeur d'Alcide!
Qu'il l'eust bien empesché d'éterniser son nom,
Et qu'il eust obligé la haine de Iunon!
Qu'on trouue icy de fous, que cet hydre a de testes,
Et que i'auray de mal à vaincre tant de bestes.

ORAZIE.

Ie me dois affranchir de semblables tourmens,
Et i'ay trop enduré de tes deportemens,
                              J'abhore

I'abhorre cet hymen, & souhaite vn veſuage
Qui te mette en repos & m'oſte de ſeruage;
Lors ie ne pourray plus trauerſer tes plaiſirs,
Si i'obtiẽs cè bon-heur, ſuy tes ſalles deſirs,
De mon lict, chaſte, & ſaint, faits vne couche infame,
Donne à qui te plaira la place de ta femme;
Tu pourras en repos goûter ſes priuautez,
Ie ne troubleray point tes ſalles voluptez,
Rien ne t'empeſchera d'obliger vne amante,
Tu ſeras bien heureux, & ie ſeray contente.

MENECHME. Soſicle,

Adieu, tu m'étourdis des comptes que tu faicts,
Ie ne te cognoy point, & ne te vy iamais.

ORAZIE.

O Dieux! quand finira le cours de ma miſere,
Preſſe le pas, Decie, appelle icy mon pere,
Qu'il entende ma plainte, & de quelle façon,
Il feint eſtre infenſé, pour m'oſter ce poinçon.

MENECHME. Soſicle.

Quoy ce poinçon eſt tien?

ORAZIE.

               ouy, que peux-tu répondre,
Et quels témoins faut-il afin de te confondre?

MENECHME. Soſicle.

Nul, que la verité.

                             H

ORAZIE.

                    Comme il est asseuré!
Ton larcin n'est donc pas assez bien auere?
Ha! si ie m'affranchis d'vne loy si fatale,
Qu'au seiour des damnez viuante ie deuale,
Si iamais sous l'hymen mon cœur est arresté,
Si iamais sous ce ioug ie rends ma liberté.

MENECHME.   Sosicle.

Quoy ie suis ton mary? que ie plains ta manie!

ORAZIE.

Voyez de ce gausseur l'impudence infinie.
Il ne me cognoist pas!

MENECHME. Sosicle,

                    Non, si ie me connoy.

ORAZIE.

Et ce vieillard qui vient!

MENECHME.   Sosicles.

                    aussi peu comme toy.

SCENE II.

LE VIEILLARD, MENECHME. Sof. ORAZIE.

LE VIEILLARD.

IL faut donc que touſiours les importunes flames
De la diſſention des-uniſſent vos ames?
Ne verra ton iamais vos eſprits ſatisfais?
Ne goûterez vous point les douceurs de la paix;
Ne reſpectez vous point le nœud qui vous aſſemble?
Et ſerez vous touſiours deux ennemis enſemble?
Iadis vous teſmoigniez tant de conformitez,
Lors qu'un vœu mutuel ioignit vos libertez,
Quel ſujet maintenant cauſe cette diſcorde?
Deſſus quel accident faut il qu'on vous accorde?

ORAZIE.

Helas! retirez-moy de l'iniuſte pouuoir
D'un mary que i'abborre, & que ie ne puis voir;
Le plus indigne eſpoux du ſejour ou nous ſommes,
L'opprobre de ces lieux, & la peſte des hommes:
Ie ne puis plus ſouffrir ſes meſpris apparens.

LE VIEILLARD.

Vous eſt-il arriué de nouueaux differends?

Dois-je de vos discors estre le seul arbitre,
Vn autre ne peut-il se charger de ce titre ;
Et ne deußiez vous pas espargner mes vieux iours
Dont vos dissensions precipitent le cours?

ORAZIE.

Helas! qui doit que vous, quand ce traistre m'offence
Aßister vostre fille, & prendre sa deffence?

LE VIEILLARD.

Ne t'oppose iamais à ses intentions,
Auctorise tousiours ses resolutions,
Et cesse d'expliquer ses pas, & ses pensees,
Comme tu me promis aux querelles passees;
Presente à ses regards vn visage plus doux,
Ne luy témoigne point vn esprit si jaloux,
Euite les sujets d'exciter sa colere,
Et qu'à tous ses desseins ta volonté defere,
Entretiens son amour par des moyens si forts,
Alors rien ne pourra vous causer ces discords,
Rien ne trauersera vostre heureux mariage,
Et nous verront la paix regner en ton ménage.

ORAZIE.

Depuis que ces beautez ont touché ses espris,
Ie ne suis qu'vn objet d'affronts & de mépris,

Il y perd tout son temps il leur rit, il les vante,
Et ne me tiẽt chez luy qu'en titre de seruante, (vains
Mais qu'il craigne vn malheur, si mes soupirs sont
Et si vous ne voulez me tirer de ses mains.

VIEILLARD.

Souffre vn peu cette ardeur dõt son ame est atteinte,
Croy tu que par tes pleurs elle puisse estre éteinte?
Feints de ne la voir pas, cache tes déplaisirs,
Quand son amour décroist, augmente tes desirs;
Témoigne plus de feux, quand les siens s'allentissent,
Rechauffe tes baisers quand les siens refroidissent,
Caresse le de l'œil, & du nom le plus doux
Dont la femme peut voir, & nommer son époux,
Parais tousiours contente, & tousiours enflammee;
En fin aime le bien, & tu seras aymée :
Les preuues d'amitié sont de puissans appas,
Et qui n'est point aimé, sans doute n'aime pas.

ORAZIE.

Que me profitera d'vser de repartie,
Mon Aduocat m'accuse, & deffend ma partie.

LE VIEILLARD.

En quoy recognois-tu ses mauuais traittemens?
Ne t'accorde-il pas d'honnestes vétemens?

En as-tu dans ce lieu, veu quelqu'vne qui porte
Vn habit plus sortable à celles de ta sorte ?
Vis-tu d'vne façon qu'il n'auctorise pas ?
Et te reproche-il tes jeux, ou tes repas ?
Te manque-il des gens pour soulager ta peine ?
Ne te fournit-il pas de chanvre, de la laine ?
Surquoy s'a-il fâché ? Et qu'as-tu demandé
Que s'il a deu le faire, il ne t'ait accordé ?

ORAZIE.

O Dieux ! les vains discours dont vous flattez son
Il ne me donne rien, qu'apres il ne rauisse,   (vice;
Ce que i'ay le matin, le soir il le promet,
Il paye de mon bien les affronts qu'il me fait
Ce poinçon luy gaignoit vne de ses Maistresses !
Voyez si i'ay raison de blasmer ses largesses
Et detester le nœud dont nous sommes vnis,
Puis qu'il me fait souffrir des affronts infinis.

LE VIEILLARD.

Mon fils, ce nœud sacré qui joint vos destinées,
Vous doit faire autrement employer vos années,
Et la necessité d'estre vnis à iamais
Doit establir chez vous le respect, & la paix;
Son bien vous touche plus que l'interest d'vne autre,
Quand vous le dissipez, vous dissipez le vôtre:

Vous releuez d'Himen dont les sacrez arrests,
Comme ils joignent vos corps, joignent vos interests.

MENECHME.   Sosicle.

Qui que tu sois (Vieillard) ie te iure, & j'atteste
Les diuers habitans de la voute celeste.

LE VIEILLARD.

dequoy?

MENECHME.   Sosicle.

que ta folie, est sans comparaison,
Et qu'vn estrange effort à troublé ta raison.

LE VIEILLARD.

A quoy le iugez-vous?

MENECHME.   Sosicle.

Dieux qu'ell' extrauagance!
Et que dois-ie respondre au propos qu'il m'auance?

LE VIEILLARD.

Cessez de me tenir ces mots injurieux,
Ou ie sçauray calmer vostre esprit furieux,
N'irritez pas l'humeur ou la vostre me porte

Rendez moy ce poinçon, & viuez d'autre sorte.

MENECHME. Sosicle.

Comme ce bon Vieillard à les sens hebetez !
L'aage traisne apres soy ces incommoditez,
Son corps s'afoiblissant, son esprit fait de mesme,
Et ie dois pardonner à sa folie extreme.
Que voulez-vous de moy ? que i'expire à vos yeux
Si ie connus iamais personne de ces lieux :
S'il m'arriua iamais d'entrer en cette porte,
Et si ie vous ay pris ce poinçon que ie porte.
Vne chaste beauté m'a prié pres d'icy
De le faire émailler, & i'en prend le soucy.
Adieu dispensez-moy d'vne vaine audiance,
Et ne m'obligez plus à tant de patience.
Que la terre m'entende, & s'ouure dessous moy
Si ie vous vis iamais, & si ie vous connoy.

LE VIEILLARD.

O Dieux qu'entends-ie icy ? puis-ie apres ce langage
Croire que sa raison conserue son vsage,
Qu'amour cause de trouble au cerueau le plus sain !
Il ne me connaist pas.

MENECHME. Sosicle.

                     & n'en ay pas dessein.
LE

LE VIEILLARD.

C'eſt trop long tẽps mõ fils, prolonger cette plainte,
Et tu nous parterois du plaiſir à la plainte,
C'eſt trop s'entretenir d'inutiles propos,
Entrons, rends ce poinçon, & viuez en repos.

MENECHME. Soſicle.

En fin n'irrite plus le courous qui m'enflame,
Que veut-tu dis ton nom; & qu'ell'eſt cette femme?

ORAZIE.

Il n'en faut plus douter, des ſignes ſi puiſſans
Nous font paraiſtre aſſez qu'il a perdu le ſens,
Et l'alteration qu'on voit en ce viſage,
Eſt d'vn eſtrange accés vn aſſeuré preſage.

MENECHME. Soſicle.

Il les faut confirmer en des ſoupçons ſi vains,
Ie puis par ce moien m'échapper de leurs mains;
Feignons d'eſtre ſi fou que chacun d'eux m'éuite,
Et que la peur des coups leur conſeille la fuitte.

ORAZIE.

Que ſon teint eſt chãgé, voiez mõ pere ô Dieux!
Voiez les traits le feu qui ſortent de ſes yeux,

I.

LE VIEILLARD.

Eloignons nous de luy son action m'étonne ,
La folie est aueugle, & n'épargne personne.

MENECHME. Sosicle, faisant le fol.

Perfides ennemis de mon auctorité,
Vous auez trop de fois mon pouuoir irrité,
En fin vous cognoistrez ma valeur infinie,
Et ie combattray seul toute l'Epidamnie ;
Seul ie subiugueray ce superbe pays,
Et mes exploits rendront ses peuples ébays
Vous pleurez vainement, vne mer de vos larmes,
Ne diuertiroit pas cet effect de mes armes.
Donnons, frappons, tuons, rangeons tout sur nos pas
Que de sang répandu! que d'ennemis à bas!

LE VIEILLARD.

Dieux qu'est-ce que ie voy ?

MENECHME. Sosicle.

*   Cette affreuse sorciere*
Me priue de l'honneur de leur defaitte entiere,
Ses magiques secrets repoussent mes efforts,
Font pancher la victoire, & raniment ces corps ;
C'est contre elle qu'il faut exercer mon courage

Malgré tous ces Demons qu'elle oppose à marage.
Sus chaſſons ces eſprits de ces lieux eſtrangers
Ma valeur me promet de franchir ces dangers.

Il court
pres O
zie.

LE VIEILLARD.

Menechme ou ſongez vous?

ORAZIE.

        Helas ie ſuis perduë.

MENECHME. Soſicle.

Tu ne peus éuiter la peine qui t'eſt deuë ;
Tout le pouuoir du Ciel contraire à mon deſſein,
Ne m'empeſcheroit pas de te percer le ſein.

ORAZIE.

O Dieux qu'elle folie eſt égale à la ſienne !
Ie vays chercher icy quelqu'vn qui le retienne.

MENECHME. Soſicle.

Me dois-je contenter de ces rares effets ?
La ſorciere eſt en fuitte, & ſes Demons defaicts.
Ce Caualier armé nuit encor à ma gloire,
Il faut que ſa defaitte acheue ma victoire.

I ij

LE VIEILLARD.

Dieux en l'estat qu'il est dois-ie attendre ses pas,
Regarde qui ie suis, & ne m'approche pas.

MENECHME. Sosicle.

Tu refuses timide vn combat honorable,
Tu n'oses repousser ma force incomparable,
Tu trembles, tu pâlis, lâche, tu fuis en vain,
Rien ne te peut sauuer des efforts de ma main.

LE VIEILLARD.

Helas! combien son mal accroist sa violence!

MENECHME. Sosicle.

Le Ciel ne te pourroit souftraire à ma vaillance,

LE VIEILLARD.

D'ou naist cet accident! ô seuere destin,
Euitons sa fureur, courons au Medecin.

MENECHME. Seul.

Les Dieux ont à la fin ma priere écoutée,
Ces fous qui m'ont fait fou, m'ont la place quittée,
Les agreables fous, dont les cris m'ont forcé,
De feindre que comm'eux j'auois l'esprit blessé,

Ils reuiendront bien tost si ie ne me retire,
Par des lieux écartez, retournons au Nauire,
O Dieux! en ma faueur guerissez leurs esprits,
Ou ne leur montrez pas le chemin que j'ay pris.

SCENE III.

LE VIEILLARD, à la porte du Medecin.

QV'IL est lõg à venir, que ie suis las d'attẽdre
Et que de vains discours il me va faire enten-
Il persuadera si l'on veut l'écouter   (dre,
Qu'vn mort par son moyen vient de ressusciter,
Qu'il a remis la jambe, ou le bras de Mercure,
Ou qu'il a guery Mars d'vn insigne blessure;
Cependant qui sçauroit ce qu'il fait la dedans,
Le verroit consulter sur quelque mal de dents.
Il descend ie le voy.

SCENE IIII.

LE MEDECIN, LE VIEILLARD.

Dieux qu'au siecle ou nous sommes,
On doit peu faire estat de la santé des hommes,

Vn iour peut ruiner les plus fortes santez,
Le plus sain est sujet à milles infirmitez,
Nous produisons en nous les humeurs qui nous nuisět,
Et d'eux mesmes nos corps tous les iours se détruisent.

LE VIEILLARD.

Cette détruction produit vostre interest,
Les Medecins sont mal quand personne ne l'est.
Mais quittons ce discours, & songeons au remede
D'vn accident si prompt qui reclame vostre ayde ;
Voyez ces yeux mourans, & ce teint inégal,
Ne nous épargnez point, & soulagez son mal.

MENECH. Raui. ORAZIE, LE VIEILLARD.

LE MEDECIN, Deux hommes.

MENECHME. Raui.

QVe ie vis aujourd'huy sous vn astre seuere,
Et que le Ciel me void d'vn regard de colere,
Ha ! que i'ay mal'heureux manqué de iugement,
Quand i'ay souffert qu'Ergaste ait veu ce diamant !
Mais si deuant ce soir ie n'acheue sa vie
Ie veus qu'en ce moment la mienne soit rauie,
Sa vie, ha ! qu'ay ie dit ? puis que ie l'entretiens

Et qu'il fut mort sans moy, ses iours sont ils pas miés?
On sçait qu'il m'estoit cher, & que ce detestable
Ne vit depuis trois ans que des mets de ma table.

LE VIEILLARD.

Il le faut aborder.

LE MEDECIN.

L'amour, ou vos procés,
ous ont causé, Monsieur, ces violens accés !
Qu'elles afflictions vous sont les plus sensibles,
Le Ciel à mis à tout des remedes possibles.

MENECHME. Raui.

Que veut ce vieux resueur ?

LE MEDECIN.

D'ou prouient ce tourment.
Est-ce deuers le front qu'il est plus vehement ?

MENECHME. Raui.

Dieux qu'il est insensé.

LE VIEILLARD.

Voyez l'extrauagance;

ORAZIE.

Obligez-le, Monsieur, d'vne prôpte ordonnãce,

LE MEDECIN.

Quels mets affecte-il?

ORAZIE

des mets trop delicats.

LE MEDECIN.

Qu'elle sorte de vin boit-il à ses repas?

MENECHME. Raui.

Les vins les plus friands & les plus delectables
Mais as-tu pris le soin de reformer les tables,
Que me compte ce fol? ne veut-il point sçauoir
Si le pain que ie mange est du pain rouge ou noir,
Si i'vse de poisson qu'il soit couuert de plumes,
Est-il si desireux de sçauoir mes coustumes?

LE VIEILLARD.

Et bien que iugez-vous de ces propos confus?
Et que luy pourrez-vous ordonner la dessus,

LE

LE MEDECIN.

Eſt-il fort amoureux?

MENECHME. Raui.

ouy, de toutes les belles,
Apprends-le de ta femme elle en ſçait des nouuelles.

LE MEDECIN.

O comme il eſt troublé!

ORAZIE.

vous luy pardonnez bien.

LE MEDECIN.

Dort il profondement?

MENECHME. Raui.

ouy, ſi ie ne doy rien.

LE MEDECIN.

C'eſt parler de bon ſens,

MENECHME. Raui.

que répondray-je encore.

K

LE MEDECIN.

Sa santé ne depend que d'vn peu d'Elebore,
Et son mal n'a pas tant alteré sa raison,
Qu'il ne puisse bien tost esperer guerison.

LE VIEILLARD.

Sa douleur maintenant à moins de violence,
Vous n'eussiez pû tantost souffrir son insolence,
En l'humeur qu'il estoit il nous eust frappez tous:
Il nous a menacez d'vn orage de coups,
Il s'estoit proposé de ruiner cette Isle,
Et sans toucher vn homme il en a défait mille,
Ses gestes & sa voix nous saisissoient d'horreur,
Et i'ay fait sagement d'éuiter sa fureur.

MENECHME. Raui.

Dieux qu'est-ce que i'entends?

LE VIEILLARD.

*   n'as-tu pas la memoire,*
D'auoir contre du vent disputé la victoire?
D'auoir menassé l'air, défait des visions,
Ne te souuient-il point de ces illusions?
Tu ne te proposois, qu'horreur,& que carnage
Et tu nous as voulus immoler à ta rage.

MENECHME. Rani.

Et toy te souuient-il opprobre des mortels
D'auoir deuant mes yeux, pillé sur les autels,
Fait par tout abhorer ton humeur sanguinaire.
Deuoré tes enfans, assassiné ta mere,
Empoisonné ta femme, & vendu ton pays,
En fin d'auoir les dieux & les hommes trahis,
Est ce là comme il faut publier ta loüange?
Est-ce assez pour vn fou t'auoir rendu ton change?

LE VIEILLARD.

Comme son mal s'accroit, écoutez son discours,
Et ne differez plus d'y chercher du secours.

LE MEDECIN.

Si ie ne le gueris de cette maladie,
Il est bien mal-aizé qu'vn autre y remedie,
Qu'on l'amene à ma chambre, & malgré ses efforts
Que quelqu'vn de ces gens le saisissent au corps.
Je connoy de ce mal la cause veritable,
En de certains accez il est plus redoutable.
Quelque sanglant ennuy la reduit à ce point
Et s'il n'est attaché ie n'en approche point.
Allons apportez-le.

K. ÿ

MENECHME. Raui.

        Dieux, dors-ie ou si ie veille,
O Ciel quelle infortune à la mienne est pareille
Dieux, hommes, animaux, qui me vient assister :
Que me veulent ces gens, ou me veut on porter ?

SCENE VI.

MESSENIE MENECHME LE VIEILLARD,

ORAZIE, LE MEDECIN.

MESSENIE.

ENfin i'ay la maison à bon prix asseurée, (parée:
Mon maistre y peut venir, sa chambre est pre-
Mais las ! en quel estat il paroist à mes yeux !
Quelle iniure a-il faicte au peuple de ces lieux ?
Il le faut assister & fendre ceste presse.

MENECHME. Raui.

O Dieux ! qu'ay-ie commis que chacun me delaisse ?

MESSENIE.

Que veut aux estrangers ce peuple iniurieux ?

Traitres, n'irritez pas mon esprit furieux,
Rendez cet innocent à mes iustes requestes,
Ou craignez que mes bras ne fondent sur vos testes.

LE VIEILLARD.

Que veut cét insensé?

LE MEDECIN.

secourir son pareil,

MENECHME. Raui.

Ha! quel heureux démon t'inspire ce conseil,
Seul sensible à mes cris, seul à mon sort propice,
Acheue, cher amy, ce fauorable office,
N'en espargne pas vn, & suy ta passion,
L'innocence répond de ta remission.

VN VALET. fuyant.

Adieu ie cede aux coups,

MESSENIE. au Vieillard.

Toy dont la main hardie
D'vn coup si furieux m'a la iouë étourdie,

LE VIEILLARD.

Ha! ma fille fuyons.

MENECHME.

tous les Dieux vainement,

Ils
trent.

Te voudroient dérober à mon ressentiment :
Ta mort sera le prix,

LE MEDECIN.

            il faut fuir si ie m'ayme ?

MENECHME Raui.

Que ie suis redeuable à ta valeur extréme,
Le ciel te soit propice, & que ses deitez,
Te comblent de plaisirs, & de prosperitez.
Leur rage fut sans toy de mon sang assouuie ,
Et sans toy dans leurs mains j'aurois perdu la vie,

MESSENIE.

Admirez maintenant la valeur de ce bras,
Voyez comme les coups sont ses plus doux ebats.
Comme cette canaille à mes yeux disparuë
Euite ma fureur, & me cede la ruë,
Suis-ie pas à propos sorty de la maison ?
Et pouuois ie venir en meilleure saison ?
Heureuse occasion que le ciel m'a fait naistre,
Pour signaler ma force en faueur de mon Maistre,
Mais qui portoit ces gens à vous traiter ainsi,
Dequoy se plaignoient-ils, ostez moy de soucy ?

MENECHME. *Raui.*

Deux mots te l'apprendront. Ma femme

MESSENIE.

qui?

MENECHME. *Raui.*

ma femme,

MESSENIE.

Que son esprit se trouble, en l'ardeur qui l'enflame,
Menechme, ou songez vous?

MENECHME. *Raui.*

& qui t'a dit mon nom?

MESSENIE.

Dieux l'extréme fureur qui trouble sa raison.

MENECHME. *Raui.*

Comment t'apelle-tu?

MESSENIE.

mon nom est Messenie.

MENECHME. *Raui.*

Que ie suis redeuable à ta force infinie :
Croy que ie suis sensible au bien que tu me fais,
Et que ie cheriray ta memoire à iamais,
Ie publieray par tout ta force incomparable.
Adieu, que soit le ciel à tes vœux fauorable.

MESSENIE.

Ha ! ie voy de son mal des signes trop puissans,
Ie veux perdre le iour, s'il n'a perdu le sens :
Ne le puis-ie tirer de cette resuerie ;
Mon Maistre, tout est prest à vostre hostellerie,
Ie vous ay trop vangé de ces affrons receus,
Ne perdez point de temps à resuer là dessus :
Il faut rendre le calme à cet esprit malade
Et diuertir vos soins par quelque pourmenade,
Lors que vous aurez veu si la maison vous plaist :
O Ciel ! ô iustes Dieux, en quel estat il est.

MENECHME. *Raui.*

Aurois-tu ma raison, oublié ton vsage,
In faut que ie sois fou si tout le monde est sage,
Et voyant tant de voix s'accorder en ce point,
Ie commence à douter si ie ne le suis point,
Amy, qui que tu sois, ie ne te puis connoistre,

Tu

Tu m'honores à tort du tiltre de ton Maistre,
Je ne me souuiens point de t'auoir iamais veu,
Et ie t'affranchirois si ce nom m'estoit deu.

MESSENIE.

C'est trop continuer cette feinte inutile,
Ne me croyez vous point du peuple de cette Isle?
J'arriue comme vous en cette nation,
Et ie n'ay point de part en leur intention;
Mais vous connoissez trop, mon nõ, & mon seruage,
J'en porte sur le dos vn trop seur témoignage.

MENECHME. Raui.

Dieux! qu'est-ce que i'entends?

MESSENIE.

                              C'est que vostre bonté,
Me deliure aujourd'huy de ma captiuité.
Monsieur, prononcez-moy cet arrest fauorable,
Deux mots peuuent changer mon destin miserable.

MENECHME. Raui.

Sois libre, i'y consens.

MESSENIE.

                              agreable discours,
L

Quel bon-heur est pareil à celuy de mes iours,
Vsez pourtant, Monsieur, de la mesme puissance,
Que quand ie dependois de vostre obeïssance,
Ne m'abandonnez pas en cette nation,
Car ie suis vôtre encor, par inclination.
Allons au logement, que la ie me décharge,
De tout ce que vos mains ont commis en ma charge.

MENECHME. Raui.

Non ie t'attends icy,

MESSENIE.

      Ie reuiens de ce pas.
Et i'apporte les clefs, ne vous éloignez pas.

MENECHME. Raui seul.

O Dieux ! qu'auec plaisir j'aurois veu sa folie,
Si i'estois deliuré de ma melancolie,
Mais ie ne puis forcer l'excez de mes ennuis,
Tout m'est des-agreable en l'état ou ie suis,
En l'extreme fureur dont i'ay l'ame embrazée,
Ie verserois des pleurs d'vn sujet de rizée,
Plus confus, & plus mort que ie ne fus iamais,
Je vay chercher quelqu'vn qui trauaille à ma paix.

ACTE V.

SCENE PREMIERE.

MENECHME. Sof. MESSENIE.

MENECHME. Sosicle.

AMOVR il est trop vray, ma raison s'est
    renduë,
Mon cœur humilié, ma frãchise est perduë,
Si l'on est amoureux apres tous ces effets,
J'ayme, ie le confesse ou l'on n'ayma iamais,
Mais l'obiect que ie sers auroit charmé Cithere,
Il auroit démoly les temples de ta mere,
On ny graueroit plus son nom, ny ses pourtraicts
Si ma belle en ces lieux auoit porté ses traits;
Il faut que tout succombe à sa force infinie,
On ne luy peut ietter vne œillade impunie;
Il faut ozer souffrir alors qu'on l'oze voir,
Et son moindre regard vous range à son pouuoir,
Elle porte en ses yeux des traits ineuitables,
Ta mere n'en à point qui soient si redoutables.

MESSENIE.

Tout est fait, les voicy, sous ces clefs j'ay remis
L ij

Tout ce que vous auiez en ma garde commis;
Eſtant en liberté ie veux viure ſans peine
Et n'auoir plus de ſoin.

MENECHME. Soſicle.

                    as-tu l'ame bien-ſaine ?

MESSENIE.

I'eſpere toutesfois auoir touſiours le bien
De voſtre compagnie, & de voſtre entretien.

MENECHME. Seul.

Que dit cét inſenſé ?

MESSENIE.

                    Viuant en domeſtique
Qui ne releue point d'vn pouuoir tyrannique,
Mais de qui les deuoirs & la ſoumiſſion
Dependront ſeulement de l'inclination.

MENECHME. Soſicle.

D'ou viens-tu conceuoir de ſi belles idees
Traiſtre, combien as-tu de bouteilles vuidées?
Il te faut donc attendre, & te chercher par tout,
I'ay viſité le port de l'vn à l'autre bout,
I'ay fait dans toute l'Iſle vne recherche vaine,

Et tu passes ton temps lors que ie suis en peine?

MESSENIE.

Relaschez-vous, si tost, vostre esprit genereux,
Et vous repentez-vous de m'auoir fait heureux?
N'ay-ie pas à vos yeux signalé mon courage,
Tiẽdrez vous plus long temps la valeur en seruage?
Remettez-vous aux fers qui vous a deliuré?

MENECHME.　Sosicle.

Apprens moy ie te prie ou tu t'es enyuré ?
Est-ce là qu'on ta veu signaler ton adresse,
As tu battu le maistre, ou querellé l'hostesse.

MESSENIE.

O Dieu! le vain propos? ce discours m'est-il deu
Pour le rare plaisir que ie vous ay rendu,
Auec combien d'adresse, & combien de colere,
Vous ay-je osté des mains d'vne troupe aduersaire
Qui vous trainoit sans doute aux prisõs de ces lieux,
Vous auez veu ces gens disparoistre à mes yeux,
Et vous auez donné ma franchise à ma peine,
Si vous ne me flattiez d'vne esperance vaine.

MENECHME.　Sosicle.

D'où vient cet insensé forger ces visions,

Et qui t'a veu paraiſtre en ſes occaſions ?

MESSENIE.

Que mon ſort eſt propice, & ma fortune heureuſe
O le maiſtre diuin, ó l'ame genereuſe !
Que cet homme eſt pourueu de rares qualitez,
Qui pourroit exprimer ſes liberalitez ?

MENECHME. Soſicle.

Ceſſe de murmurer, ſi tu ne hays ta vie,
Et ſuy moy cheZ l'obiect dont mon ame eſt rauie,
O Dieux comme à propos ces aſtres glorieux,
Viennent faire briller leur lumiere à mes yeux.

SCENE II.

MENECHME. Soſicle. EROTIE à la porte

MESSENIE.

MENECHME. Soſicle.

TRiſte, confus, charmé, i'apporte icy Madame,
Vn cœur qui n'eſt plus libre, & des vœux tout
    de l'ame.
Quelque rare pouuoir qu'on donne à vos beautez,

Quoy qu'ayent iamais produit les traits que vous
    iettez,
Quelque insigne froideur qui cede à vos amorces,
Cette seule defaite à signalé leurs forces;
Iamais dans vn esprit on n'a veu tant de feu,
Et iamais la raison ne combatit si peu;
Vos charmes rauissans m'ont forcé de me rendre,
Sans l'auoir consultée, & sans m'oser deffendre.

MESSENIE.

Ouy, son amour est grande, ô le parfait amant,
Ie meure s'il sçait rien apres ce compliment,
Par tout ou nous allons, il dit la mesme chose,
Mais apres ce discours il a la bouche close,

EROTIE.

I'admire fort, Monsieur, ce changement soudain,
Ie croyois n'estre plus qu'vn objet de dédain:
Et vous voyant sortir auec tant de colere,
Ie ne me flattois plus de l'espoir de vous plaire:
Parlons de ce poinçon que ie vous ay rendu,
Le cherchez vous encor, ou l'auez vous perdu?

MENECHME. Sosicle.

Il est chez vn orpheure, & dés demain i'espere,
De le voir dans ce poil, si le Soleil m'éclaire,

Mais que ie suis confus du discours que i'entends !
Madame exemptez moy de resuer plus long temps:
Surquoy que ie méditte, & que ie m'examine,
I'ay tousiours reueré vostre beauté diuine,
Ie n'ay veu ces attraits que d'vn œil amoureux,
Et que dans le respect qu'on doit auoir pour eux.

EROTIE.

Ie ne puis que comprendre en tout cét artifice;
Mais entrons la dedans que ie vous y punisse.

MESSENIE.　seul

Dieux ! le malheur extréme où mes iours sont reduits,
Dure condition, que l'estat ou ie suis:
Il va cuillir les fruits ou son desir le porte,
Durant que ie m'amuse à garder cette porte,
Il considere peu, le froid, ou la chaleur,
Il me croyt bien partout, & rit de mon malheur.
Sous quel astre inclement le Ciel ma-il fait naistre?
Que n'est-il en ma place, & que ne suis-je Maistre?
Que le Ciel eut pour moy d'aueugle auersion,
De ne me tirer pas d'vne autre extraction;
Que ie porte d'enuie à ses bonnes fortunes!
A-il des qualitez qui ne me soient communes?
A-il meilleure mine, est-il plus genereux?
Pourquoy ne suis-ie pas egalement heureux?

S'il

S'il l'emporte sur moy, c'est d'vn peu d'apparence,
Les habits seulement font nostre difference;
Et pour le rare exploit, que i'ay fait en ces lieux,
Le superbe qu'il est, me deust voir d'autres yeux;
La valeur en ce siecle est bien mal reconnuë,
Le vice va couuert, & la vertu va nuë,
Le monde est abruty, ses inclinations
Ne donnent plus de prix aux belles actions;
L'esprit n'a point de rang, le sort, & la naïssance
Donnent toute la gloire, & toute la puissance.
Mais à quoy seruiront ces doctes entretiens,
Que m'arriuera-il des discours que ie tiens?
Mon sort ne peut changer, & toute ma science
Me profitera moins, qu'vn peu de patience.

SCENE III.

ORAZIE. Seule.

QV'ne estrange manie à troublé ses-esprits,
Il a tout fait trembler en l'humeur qui la pris,
Auec vn autre fou, dont l'aueugle assistance
La tiré de nos mains, & de nostre puissance;
Il rendra ce poinçon à l'aimable beauté,
Dont les perfections ont son cœur enchanté;
Que ie la reprendray de viure de la sorte,
                                        M

Si ie trouue quelqu'vn qui me monstre sa porte,
Et quelle a peu d'égard à l'infame renom
Qui ternira sa gloire & tachera son nom,
Ses vertus paroissoient vn miroir de nostre âge,
La mesme modestie est peinte en son visage,
Et ie ne croyois pas que sans auersion,
On la pût accuser d'vne lasche action,
Cependant nos maris luy donnent des visites,
Elle reçoit leurs dons, & souffre leurs poursuites,
Le mien est si touché de cet objet charmant,
Qu'auec ce qu'il me vole, il perd le iugement:
Dieux! qu'Ergaste à propos à mes yeux se presente,
Il me peut faire voir cette indiscrete amante,
Et ie l'allois chercher pour cette occasion.

❧❧❧❧❧❧❧❧❧❧❧❧❧❧❧

SCENE IIII.

ERGASTE, ORAZIE.

ERGASTE.

QVelle peine est égalle à ma confusion,
Qu'on ne me blasme plus de peu de continence,
Ie suis le ieusne mesme, & la mesme abstinence;
Ie n'ay vécu que d'air depuis que l'œil du iour

A pris congé de l'onde, & commencé son tour;
O Dieux! que l'Orient est esloigné de L'ourse
Et que le tour du ciel est vne longue course!

ORAZIE.

Ergaste pourrois-tu me tirer de soucy;
Ou demeure Erotie?

ERGASTE.

> *Elle demeure icy.*

ORAZIE.

Ne m'abandonne point; ie recognoy ce traitre;
Voy comme il a rougy quand il m'a veu paraistre.

Mont...
la porte.

SCENE. V.

ORAZIE, ERGASTE, MESSENIE.

ORAZIE.

N'est-ce pas toy voleur?

MESSENIE.

> *L'honneste compliment!*

M ij.

ORAZIE.

Qui portes les poulets & qui serts cet Amant,
Toy qu'on dit que Menechme a tousiours à sà suite?
Qui nous l'as arraché, qui nous as mis en fuite?

MESSENIE.

Tous les iours ma valeur, à de plus beaux effets,
C'est la moindre action que ie commis iamais,
I'ay profané mes bras pour vn si petit nombre,
Et ie n'auois besoin d'employer que mon ombre.

ORAZIE.

Traistre, qui t'obligeoit à t'adresser à Nous?
Et qu'elle part as-tu dans l'interest des fous?

MESSENIE.

Donnez à vos valets la qualité de traistre,
Et ne vous meslez point de parler de mon maistre,
Quel sujet auiez-vous de le traitter ainsi,
Luy qui iusqu'à ce iour n'entra iamais icy.

ERGASTE.

Madame entendez-vous le propos qu'il auance:
Quoy! Menechme est ton Maistre, ô! qu'elle ex-
trauagance.

MESSENIE.

Helas! sans te citer mes seruices passez,
L'état ou tu me vois te le confirme assez:
Tout autre que mõ Maistre en des chaleurs si fortes,
Ne m'obligeroit pas à demeurer aux portes;
Mais il faut obeïr, & le Ciel irrité,
M'enjoignit en naissant cette necessité;
La mine & la valeur sont peu considerées
Lors que d'vn mauuais astre elles sont éclairées;
Le iour que ie nâquis estoit vn mauuais temps,
Et les Dieux en ce iour combattoient les Titans:
Le Ciel n'estoit pas tel qu'on le voit de coustume,
Les astres les plus doux versoient de l'amertume;
Les femmes enfantoient auec mille tourmens,
Lucine estoit troublée en leurs accouchemens;
En fin ie nasquis, serf, pleurant, triste, malade
Comme si j'eusse eu part au peché d'Encelade,
Mais ie vous traitte icy de mets trop delicats,
Et ie parle à des gens qui ne m'entendent pas.

ERGASTE.

Que i'estois attentif à ces belles parolles,
Ma faim se repaissoit de ces comptes friuolles,
Ne pleure point amy, ton mal'heur euident
Puisque nous sommes nez sous vn mesme ascendant

Plûtoſt rend grace au Ciel,& me permets de dire
Que ton ſort eſt plus doux, & que le mien eſt pire;
Ie dois bien l'accuſer ſi tu n'es pas content,
J'ay ieuſné pour huict iours,& toy beu pour autant.

ORAZIE.

Laiſſons la cet yurogne.

MESSENIE.

éuitez ma furie,
Qu'elle preuue auez-vous de mon yurognerie?

ERGASTE.

Qu'elle preuue en faut-il que tes propres diſcours.

MESSENIE.

Que i'ay tort de parler à dés eſpris ſi lourds.

ERGASTE.

Tu nous voudrois prouuer que Menechme eſt
ton maiſtre,
Toy qu'il ne vid iamais,& qu'il ne peut connoiſtre.

MESSENIE.

Il ne me vid iamais? Dy pour en parler mieux
Que ie ne fus iamis éloigné de ſes yeux.

Dy que depuis six ans, à la mercy de l'onde
Nous auons faict le tour de la moitié du monde;
Que si nous n'obtenons la fin de son dessein,
Rien ne nous peut tirer de son humide sein.

ORAZIE.

Qui luy faict conceuoir ce discours inutile?
Si iamais mon espoux n'est sorty de cette Isle.

MESSENIE.

Dieux les plaisans propos! que me veulent ces
  fous?
Je parle de Menechme, & non de vostre époux.

ERGASTE.

Frippon, parle à Madame auec plus de prudence
Ou ie vais de cent coups punir ton impudence.

MESSENIE.

Approche, approche un peu, qu'il discourt hardimēt,
Lâche, m'oserois-tu regarder seulement?

ERGASTE. tout bas.

Foible comme ie suis il pourroit bien m'abbattre
Veu qu'en luy i'ay Bacchus, & luy-mesme à cōbattre
Ne commettons pourtant aucune lâcheté,

Et ne rabaissons rien de nostre grauité.

Mais quelqu'vn va sortir, c'est Menechme, Madame,

Et vous voyez l'objet de sa nouuelle flame.

SCENE VI.

ORAZIE, ERGASTE, MESSENIE,
MENECHME Sos. EROTIE.

MENECHME. Sosicle.

TES innocens attraits m'ont fait ressusciter,
Et ie vay remourir au point de te quitter,
Adieu, mais perds mon tout, creance obstinée
Que rien peust diuertir nostre heureux Hymenée;
Derechef, ie renonce au bien de la clairté,
Si iamais sous ce ioug mon cœur fut arresté.

ORAZIE

Ha! s'il estoit ainsi que ie viurois contente,
Et qu'vn rigoureux sort veut que ie te demente!
Ton courage fut iamais sous ce ioug arresté?
Que te fuiois-ie donc traistre? en quelle qualité?
La loy qui nous assemble est-ce vne loy profane?
Ay-je

Ay-ie part en ton lict comme ta courtizanne ?
N'ay-ie point tort lascif, de me vanter de plus
Que d'auoir assouui tes desirs dissolus !
Tous mes contentemens ont ils esté des crimes ?
N'ay-ie receu iamais de baisers legitimes ?
Es-tu pour ces raisons possesseur de mon bien ?
Tu trembles, tu pâlis, tu ne me répands rien ?

MENECHME. Sosicle.

Bons dieux ! côbien ie hay cette femme importune ;
Quoy ? nous sommes unis, sous vne loy commune ?
Himenée, autrefois à mon serment receu ?
Serois-ie marié sans m'en estre aperceu ?
Ton esprit est blessé d'vne étrange manie !
Ie ne te connois point ; i'entre en Epidamnie ;
Ce matin qu'elle m'a ce discours auancé,
Ses cris m'ont obligé de paraistre insensé ;
Ie l'ay faict éloigner par cette heureuse feinte,
Et voila qu'elle vient recommencer sa plainte,
Quelle autre inuention doit estre mon recours !
R'entrons, exemptez-moy d'entendre ses discours.

EROTIE.

Quoy ! vous niez, Monsieur, le nœud qui vcus
    assemble
Depuis six ans entiers que vcus estes ensemble,

N

Ie ne puis que iuger de cette intention.

ORAZIE.

Madame, elle prouient de vostre affection,
Cette méconaissance à vos yeux est trop nuë,
S'il ne me conaist plus, c'est qu'il vous a conuë.
La qualité d'époux luy peze infiniment,
Ie suis vn grand obstacle à son contentement;
Sa femme l'importune ayant tant de maistresses,
Ie ne luy permets pas d'acheter vos caresses,
De vanter vos faueurs, de dissiper son bien,
Et de chercher la nuict d'autre lict que le mien,
Souffrant qu'il vous hantast, auec cette licence,
Ie ne me plaindrois plus de sa méconaissance,
Il ne me diroit plus qu'il ne me vid iamais,
Et cette liberté rétabliroit la paix;
Mais ie ne puis souffrir qu'il viue de la sorte:
Ie me plains tous les iours des presens qu'il vous porte
Ie l'oblige à rougir de ses feux dissolus,
Et c'est pour ce sujet qu'il ne me conaist plus.

EROTIE.

I'excuse vos soupçons, & ris de ce langage,
Il sçait si i'ay receu quelque don qui m'engage,
Son importunité m'en a fait receuoir,
Il est vray qu'il mécrit, & qu'il m'est venu voir,

J'ay souffert ces deux points, mais cette tolerance
A deu, iusques icy borner son esperance,
La mesme honnesteté permet de se hanter,
S'il obtient d'auantage il s'en peut bien vanter.

MENECHME.   Sosicle.

Dieux! que puis-ie comprendre en ces côptes friualles?

MESSENIE.

Et ne voyeZ-vous pas que ces femmes sont folles,
Que nous demandeZ-vous? qu'a fait cet estranger!
AueZ vous resolu de nous faire enrager?

SCENE DERNIERE.

MENECHME. Sosicle. MENECHME. Raui.
MESSENIE, EROTIE, ORAZIE,
ERGASTE, LE VIEILLARD, LE
MEDECIN, LE VALET.

MENECHME. Raui. estant poursuiui du Vieillard, du Medecin, & du Valet.

Qv'on blasme ma foiblesse, & qu'on me la reproche,
Si ie n'étends à bas le premier qui m'aproche,

Que me veulent ces gens?

LE VIEILLARD, dit aux Valets.

allez, que craignez vous?

MENECHME. Raui.

S'ils ont l'esprit bien sain qu'ils craignent mon courroux.

LE MEDECIN.

Marchez, saisissez-le.

MENECHME. Raui.

si quelqu'vn d'eux s'auance.

VN VALET.

Executez vous mesme vne telle ordonnance, Ie crains.

LE MEDECIN.

Quoy?

VN VALET.

Sa folie.

MENECHME, Raui.

Ha traistre ce discours

VN VALET.

O Dieux!

MENECHME. Raui.

Sera suiuy de la fin de ses iours.

MESSENIE.

Que voyez-vous mes yeux! ô prodige! ô mer-
ueille!
Ie doute si ie vis, ie doute si ie veille!
Mon maiſtre eſt en deux lieux! que vous veulent
ces fous?
Ie vay vous ſecourir, & ſeconder vos coups.

MENECHME. Soſicle.

On ne m'attaque pas.

MESSENIE.

Voyez comme on vous traine,
Et vous ne ſentez-pas les effects de leur haine?

ORAZIE.

Dieux! qu'eſt-ce que ie voy!

MESSENIE.

Gardez, n'approchez pas,

Ie vays seul à vos yeux vous tirer de leurs bras.

MENECHME. Raui.

O toy qui que tu sois dont la main fauorable,
M'est encor cette fois au besoin secourable,
Seul amy qui me reste, autheur de mon repos,
Que ton secours me vient, & m'assiste à propos,

MENECHME. Sosicle.

Dieux! ie voy mon image!

LE VIEILLARD.

O! Ciel à cette veuë,
Que mes yeux sont troublez, que mon ame est
émeuë!

ERGASTE.

Ce n'est qu'vn mesme objet; ie ne puis deuiner,
Qui des deux ce matin m'a reduit à ieuner.

MESSENIE.

Qui de vous est Menechme, ô? que i'ay desespe-
rance,
Si ie puis de vous deux faire la difference,
Si le Ciel aujourd'huy fauorise mes veux,
Ie trouue vn secõd maistre, & vous l'estes tous deux.

MENECHME. Raui.

Las! ie n'ay point de gens au besoin si propices,
Ils ne m'ont point rendu de semblables offices.

MESSENIE.

Mais quel est vostre nom, tirez moy de soucy.

MENECHME. Raui.

On m'appelle Menechme,

MENECHME. Sosicle.

& moy Menechme aussi.

MESSENIE.

Quel est vostre pays?

MENECHME. Raui.

Siracuse, en Sicile.
Mais las! depuis long temps ie demeure en cette Isle,
Ie fus pris chez mon pere en mes plus ieunes ans.

MENECHME. Sosicle.

C'est luy, n'en doutons plus, que mes yeux sont
contents.

MESSENIE.

Et voſtre pere à nam?

MENECHME. Raui.

Mosque.

MENECHME. Soſicle.

　　　　　　　　O! Dieux! ô mon frere!
O! Rencontre agreable, ô fortune proſpere,
Mes ſoins ſont acheuez, & mes trauaux finis,
En cet heureux moment qui nous a reünis.

MENECHME. Raui.

Ouy, ſi i'en ay de vous le moindre témoignage.

MENECHME. Soſicle.

Quand vous fûtes rauy nous eſtions de meſme
　　âge.
Orante eſt noſtre mere.

MENECHME. Raui.

　　　　　O Dieux! qu'ay-ie entendu?
O! Menechme, mon frere.

　　　　　　　　　　　　MESSE-

MESSENIE.

Et ce cher Messenie,
Que vous auez aymé d'vne amour infinie?
L'auez vous oublié? le méconaissez-vous?
Ne luy ferez-vous point vn visage plus doux?

MENECHME. *Raui.*

Le temps m'a de ton nom effacé la memoire,
O! mon cher Messenie, ô! Dieux le puis-je croire?

LE VIEILLARD.

O! bon-heur sans pareil!

ORAZIE.

Bons Dieux! qu'auons nous fait,
Si cet autre Menechme est mon frere en effect.

LE VIEILLARD.

Embrassez-le ma fille.

ORAZIE.

Est-ce donc-vous mon frere,
Excusez les transports d'vne aueugle colere;
Cette heureuse rencontre amortit mon courroux,
Madame, pardonnez à mes soupçons ialoux:

O

Accordez vos desirs à ce bon-heur extréme,
Et ne dédaignez pas que mon frere vous ayme,
Puis qu'Hymen est l'objet de ses affections,
Et qu'il peut disposer de ses intentions.

MENECHME. Sosicle.

Madame pour combler cette réjouissance,
Auöüez mon amour, & mon obeïssance,
Vos charmes rauissans ont mon cœur enchanté,
Et vos premiers regards, ont pris ma liberté;
I'offre tous mes desirs, i'offre mon ame nuë,
A vostre honnesteté que i'ay trop reconuë.
Et si vous n'auez plus mon seruice à mépris,
Vn fauorable Hymen conjoindra nos esprits.

EROTIE.

Que ie benis ce iour, & que ie suis rauie,
De voir ce changement conforme à vostre enuie,
Qu'vn extréme rapport à nos yeux abusez,
Et que i'auray failly si vous ne m'excusez;
Ie tiendray pour faueur qu'vn heureux mariage,
Sous vn mesme destin nos deux ames engage,
Et que cette vnion calme nos differends,
Quand i'auray là dessus consulté mes parens;
Il est en mon pouuoir d'engager ma franchise,
Je suis vefue, & ce tiltre en ce point m'authorise;

Mais ie dois ce respect à leur authorité,
Qui ne contredict point ce que i'ay proietté.

MENECHME. Sosicle.

Qu'vn fauorable port m'a mis en cette Riue,
Que ie seray content, si cet honneur m'arriue,
Mais mon frere qu'vn mot à ce bon-heur soit joint,
Ma curiosité ne veut plus que ce point,
Ayant esté rauy, qu'elle heureuse fortune,
A pû vous exempter d'vne vie importune,
Ie vous croyois plus mal; vn captif, rarement,
A receu de son maistre vn pareil traittement.

MENECHME. Raui.

Celuy qui me rauit fut touché de ma peine,
Ie n'éprouuay iamais sa rigueur, ny sa haine,
Il m'obligea tousiours de son affection,
Et ie fus honoré de sa succession,
Ie me suis marié, i'ay vécu dans cette Isle,
Auec dessein pourtant de reuoir la Sicile,
C'est à vous maintenant de m'oster de soucy,
Que font tous nos parens? & qui vous meine icy?

MENECHME. Sosicle.

Ie vous compteray tout; sois libre Messenie,
Je t'accorde ce don.

MESSENIE.

O! faueur infinie!

MENECHME. Sosicle.

Vn si rare bon-heur succede à mes ennuis,
Que ie donnerois tout en l'humeur ou ie suis.

ERGASTE.

Suis-je seul mal'heureux, en vn bon-heur si rare,
Ce iour reünit tout, faut il qu'il nous separe?
Pardonnez à ma faim qui m'a fait vous trahir,
Tout le monde s'aimant, pourriez-vous me haïr?

MENECHME. Raui.

Que puis-je refuser apres tant de merueilles,
Leue toy, suy nos pas, & vuide cent bouteilles?

ERGASTE.

O pardon fauorable! heureux commandement,
Mais que des-ja n'en suis-je à l'accomplissement.
Hastons-nous Messenie, allons prendre les armes,
Et noyer tous nos maux dans vn ius si diuin,
Si la soif ce matin m'a faict verser des larmes,
Qu'elle me va ce soir faire verser de vin!

F I N.